Tout ça pour toi

ÈVE BORELLI

Tout ça pour toi

roman

HARPERCOLLINS FRANCE

83-85, boulevard Vincent-Auriol, 75646 PARIS CEDEX 13.
Service Lectrices — Tél. : 01 45 82 47 47

www.harlequin.fr

ISBN 978-2-2804-2001-3

Encore une fois... Pour Lino et Anna...

1. OÙ L'ON EST À DEUX DOIGTS DE FAIRE DEMI-TOUR SUR UNE AUTOROUTE BONDÉE

Je vais faire marche arrière, je VAIS faire marche arrière… Je sais, je suis sur une autoroute… Mais ça s'est déjà vu, un conducteur qui prend l'affaire à l'envers, non ?

Je peux le faire.

I can do it.

Slalomer entre les automobilistes qui arrivent en sens inverse ? Facile !

Et puis, n'ai-je pas atteint le *level* 75 à *Mario Kart* dans ma folle jeunesse ? Je devrais être capable de m'en sortir avec les honneurs. Si j'arrive à quitter la voie express vivante, il se peut que toutes les polices du secteur, voire du pays, me filent le train, mais *avec un peu de chance*, je pourrais les semer en coupant à travers champs. Je prendrais ensuite l'avion pour une destination inconnue, lointaine et tropicale. Je finirais ma vie en élevant un perroquet et en buvant des cocktails ananas-papaye-vodka dans une hutte, sur une belle plage de sable blanc…

Aire du casse-croûte bourguignon.

Allez, c'est parti !

Clignotant… Voie de droite… Arrêt… Amorce de demi-tour et…

TOC TOC TOC !

Le visage d'un policier se colle contre mon pare-brise. Sourire satisfait, moustache frémissante : très mauvais signe.

J'ouvre et lui offre mon plus beau sourire.

— Mademois… Madame… Vous savez que vous rouliez à plus de 140 km/h sur une autoroute limitée à 130 et que vous vous êtes rabattue au dernier moment ?

Évidemment ! Sinon, je l'aurais vu, planqué dans sa voiture de faction à radar…

— Monsieur l'agent, je suis désolée, dis-je, conciliante. Je ne m'en suis pas rendu compte, j'étais en train de réfléchir à la façon de faire un demi-tour sur cette autoroute et…

Il me fixe avec de gros yeux outrés et je me mords les lèvres, prenant conscience de ma gaffe.

— Euh… Ce n'est pas du tout ce que je voulais dire ! Je vous le jure ! Non, non, monsieur l'agent, ne faites pas cette tête ! Ne me prenez pas pour une psychopathe du volant, je vous en prie !

— Madame, je n'ai pas à vous prendre ou pas pour une « psychopathe du volant », comme vous dites. Je constate les faits, j'applique la loi et je verbalise. Or, je vois que vous avez dépassé la limite autorisée et que vous tenez des propos incohérents. Descendez du véhicule.

Je m'extirpe difficilement dudit véhicule, rapport à la minijupe et au collant qui menacent ma bonne oxygénation depuis ce matin, et trébuche. Je reprends vite contenance et me tiens droite comme un I, prête à être menottée. Me retrouver au poste paraît finalement une bonne solution pour sortir du pétrin dans lequel je me suis fourrée.

L'agent fouille longuement ses poches, l'air embarrassé.

— Je n'ai plus d'alcootest. Nous allons donc procéder à l'ancienne... Madame, tenez-vous sur la jambe droite en pinçant votre nez de la main gauche.

Droite, gauche, gauche, droite...

C'est l'affolement total.

J'ai toujours eu du mal avec ces trucs complètement inutiles. Heureusement, on m'a dotée à la naissance d'un équilibre parfait. Je devrais donc m'en sortir : il ne me prendra pas pour une vulgaire ivrogne. Allez, hop ! En piste !

Alors que je fais le héron de manière tout à fait convaincante et gracieuse, j'ose glisser :

— Monsieur l'agent, je suis désolée... Mais comprenez... Je suis perturbée. Je me pose des milliards de questions sur ce que je dois faire ou ne pas faire. Sur mes choix. Sur la vie !

Je décèle une lueur de compassion dans son regard. Chouette ! Il va m'écouter, me comprendre. Peut-être même deviendrons-nous les meilleurs amis du monde... Mais la lueur n'est qu'une flammèche qui s'éteint aussi vite qu'elle est apparue, simple effet du reflet du soleil.

D'un ton pincé, il m'ordonne de reprendre une position normale et de lui présenter permis et papiers du véhicule. J'obtempère. Il vérifie que tout est en règle, puis dégaine son carnet de contraventions. Il écrit très vite, en appuyant férocement, comme s'il voulait traverser le papier avec sa mine, et me tend la contravention. Cent quatre-vingts euros ? La vache ! Il n'y va pas de main morte pour une infraction de rien du tout !

— Et maintenant, madame, vous allez me faire le plaisir de reprendre cette autoroute DANS LE BON SENS et à la vitesse autorisée. Vous pouvez disposer.

Je souffle bruyamment, histoire de me montrer un

peu rebelle, réintègre ma voiture et démarre sous son regard désapprobateur.

Alors que je quitte l'aire à la vitesse d'un escargot sous tranquillisant afin d'éviter le PV de trop qui achèverait mes finances à coup sûr, mon téléphone sonne. Comme si j'avais besoin de parler à quelqu'un dans un moment pareil ! Je bidouille maladroitement mon kit mains libres (peut-être que le moustachu possède une longue-vue) et réussis à décrocher.

— Allô, Anna ? Aloooooors ? En route vers l'amooooouuuur ?

Amélie, ma meilleure amie. Il y a un enjouement presque hystérique dans sa voix.

C'est *aussi* à cause d'elle, si j'en suis là. Elle me pousse à y aller, pense que ce sera une publicité fabuleuse et inespérée pour notre boîte. Et surtout, surtout, l'occasion de m'extraire de ma rengaine de célibattante sur le thème No-love-on-n'a-pas-besoin-d'un-mec-pour-survivre-sauf-certains-soirs-de-solitude.

— Amélie ! Je ne veux pas y aller. Qu'est-ce qui m'a pris d'accepter ? Je suis incapable de faire ça. Je te jure que j'étais sur le point de faire demi-tour. Je veux rentrer, je...

— Zen ! Caaaalme-toi, répond-elle sur l'espèce de ton yogi new age qu'elle adopte quand quelque chose ne va pas. J'étais sûre que tu allais te mettre les poils à l'envers, mais ne t'inquiète pas, ma chérie, tu vas CREVER l'écran. CRE-VER l'écran ! Tu ne vas pas te dégonfler, hein ? La nouvelle Nabilla, c'est toi ! En moins stupide, bien sûr... Et puis, pense à nous ! Pense aux colliers Ouaf-Ouaf, nom de Zeus ! Tu vas CREVER l'écran, je te dis !

— Crever tout court, oui... Sans vouloir te vexer, là, tout de suite, je me fous des colliers Ouaf-Ouaf ! Tu peux te les garder, les colliers Ouaf-Ouaf ! Tu peux même t'en faire un risotto, des colliers Ouaf-Ouaf ! Tu peux... Mais quelle idée j'ai eue de t'écouter ? Et d'écouter ma mère !

Tout a commencé deux mois plus tôt, un banal après-midi de mai...

Je suis en train d'apposer la touche finale à ma toute nouvelle création pour chiens, un collier motif léopard à l'effigie de Scoubidou, lorsque je reçois un SMS de ma mère :

Urgent. Viens.

Affolant.

Amélie est en pleine conversation avec Mme Roubichou, une cliente accompagnée de ses caniches, Predator et Terminator. La bonne dame est en train de choisir deux de nos colliers Ouaf-Ouaf *What else ?* Mais tergiverse : est-ce que le fait d'imposer la même parure à ses protégés ne va pas étouffer leur individualité ?

Tendue à l'extrême, je prends ma veste et, d'un regard, signifie à Amélie que je m'éclipse. Il s'est passé quelque chose de grave, c'est certain.

En une minute, une seule, j'imagine les pires scénarios.

1. Mon père a fait un faux mouvement et il s'est assommé avec sa canne à pêche ; inconscient, il a alors glissé dans l'eau, direction la gueule d'un monstre des profondeurs...

2. Ma mère gît dans son salon, évanouie, victime d'un malaise cardiaque : elle a juste eu le temps de me prévenir avant de défaillir...

3. Black et Decker, nos labradors, se sont fait écraser par un chauffard psychopathe qui hait l'espèce canine...

L'âme en peine et assaillie des pensées les plus lugubres, je me gare devant chez mes parents dans un gigantesque crissement de pneus.

Je dévale le petit sentier menant à la maison et entre avec fracas dans le hall.

— Maman !

— Par là, ma petite chérie ! répond-elle d'une voix suprêmement enjouée.

J'entre dans le salon et la trouve confortablement installée sur le canapé, *Joséphine, ange gardien : les meilleurs moments* en fond sonore, sirotant un verre de thé à la menthe.

Je suis abasourdie.

Ou... pas.

J'aurais dû m'en douter.

Ma mère est LA spécialiste des SMS tendance thriller... Si elle veut que j'apporte le dessert pour un repas de famille, elle est du style à m'envoyer :

Si tu ne me fais pas des cannelés bordelais, je pourrais bien décéder.

Pourquoi, mais pourquoi est-ce que je me fais TOUJOURS avoir ?

Agacée, je l'interroge :

— Que se passe-t-il ?

Elle se lève, majestueuse en peignoir et charentaises, et vient me serrer dans ses bras potelés.

— Ma chérie, pourquoi ce ton irrité ? J'ai une surprise pour toi. Une meeeerveilleuse surprise ! Je ne pouvais attendre plus longtemps pour t'en parler !

Sans un mot, et avec un air de conspiratrice, elle me tend deux lettres.

Intriguée, j'ouvre la première.

Société de production Jason-star
9, avenue du Lion d'Or
75016 Paris

Mademoiselle Anna Lacroix
19, rue de l'Aiguepière
34000 Montpellier

Mademoiselle,

Nous avons le plaisir de vous annoncer que nous avons retenu votre candidature pour l'émission L'Amour au vert. *Votre courrier a touché le cœur de Romuald, notre candidat vigneron œnologue célibataire. Vous aurez donc la joie de partager une semaine de son quotidien et, qui sait, vivre en direct les prémices d'une belle histoire d'amour !*

Nous reprendrons bien sûr contact avec vous afin de planifier votre séjour chez lui et vous communiquer la date et l'heure de votre premier rendez-vous.

Vous êtes prête à tenter l'aventure de l'amour ? Je vous invite à signer et nous retourner le contrat ci-joint.

Cordialement,

Jason Staton
Producteur en chef

Je suis éberluée. COMMENT ai-je pu être choisie par une émission à laquelle je n'ai PAS postulé ?

La réponse est là, devant moi : ma mère. Ma mère qui a passé toute sa vie devant un écran de télé, suivant assidûment toutes les émissions, de *Plus belle la vie* à l'*Inspecteur Derrick*... Ma mère, devenant hystérique devant les jeux télévisés... Vouant un véritable culte à Arthur, Benjamin Castaldi, PPDA et même Corbier, du *Club Dorothée*. Ma mère, dont les soirées sont pimentées par un thriller, adoucies par une comédie romantique, égayées par une énième rediffusion des *Bronzés*.

Ma mère, enfin, dont l'objectif dans la vie est de me fiancer à un gentil garçon pour que je lui ponde des petits-enfants.

Je l'ai percée à jour depuis longtemps, mais là, vraiment, elle a dépassé les limites de l'acceptable.

— Mais comment tu as pu me faire ça ?

Elle *sourit*. Elle n'a même pas honte.

— Ma fille, argue-t-elle d'un ton onctueux, tu as 30 ans et tu es encore célibataire. J'ai bien peur que sans une aide efficace tu ne trouves personne. Regarde-toi. Toujours dans ta petite boutique, à créer tes petits colliers pour chiens... Seule. Sans personne pour te tenir chaud au coin du feu lors des longues soirées d'hiver. La solitude suinte de tes pores, Anna. Il faut faire quelque chose ! Je me *devais* de faire quelque chose !

Plus mélodramatique, tu meurs !

— Je ne suis pas seule, maman. J'ai Amélie ! J'ai Reno !

— Amélie ? Mais Amélie a quelqu'un, *elle*. Elle est mariée, *elle* ! Et Reno ? Ton colocataire boutonneux ? Laisse-moi te dire une bonne chose, ma petite fille : il est temps pour toi de te trouver quelqu'un. De fonder une famille. Qu'est-ce que tu as à perdre ? Si ce Romuald ne te plaît pas, dis-toi que passer à la télévision t'apportera une formidable clientèle !

C'est un argument... Je me prends à imaginer mes colliers Ouaf-Ouaf faisant le tour du monde... Rihanna me suppliant de lui en créer un sur mesure pour son chihuahua. Bruce Willis m'appelant pour que nous parlions de la prochaine parure de son bouledogue...

Mais non…

Je ne peux pas me laisser avoir ainsi.

Mon magasin marche raisonnablement. Je gagne assez pour vivre correctement, voire shopper une ou deux paires de Minelli en fin de mois. Je n'ai pas besoin de ça.

Il faut que je sois ferme.

— Maman, il est hors de question que j'aille m'exposer dans une de ces émissions racoleuses et stupides. C'est non. Et ça, dis-je en montrant la deuxième lettre, que je tiens toujours à la main, je suppose que c'est le contrat ?

— Heu… Non. C'est une copie de la lettre de présentation que j'ai envoyée pour toi… Je dois être assez douée, puisque j'ai tapé dans l'œil de Romuald ! glousse-t-elle.

Là, c'est vraiment trop ! Elle usurpe mon identité, manœuvre pour contrôler ma vie et trouve ça hilarant ! Elle aurait été n'importe qui d'autre, je lui serais rentrée dans le lard, mais c'est ma mère et je ne trouve que cette pathétique réplique :

— Maman, tu n'as pas tapé dans l'œil de Romuald, c'est MOI qui lui ai tapé dans l'œil !

Elle jubile.

— Ah ! Tu vois ! Tu commences à être jalouse ! C'est bon signe !

— Non ! Mais non ! Laisse-moi te dire une chose : tu es folle. Complètement cinglée ! Si tu crois que je vais mettre ne serait-ce que le centième du millième d'un bout d'orteil dans cette nullité d'émission, tu te fourres le doigt dans le nez !

— Tu n'as plus le choix, j'ai renvoyé le contrat signé.

— NOOOOOOOON ! Je te renie ! Je te renie ! Tu n'es plus ma mère !

Je sens bien que je suis ridicule, que je perds le

contrôle, que mes yeux menacent de sortir de mes orbites, que je postillonne abondamment et que mon cœur va bientôt me lâcher, mais je suis dans une rage folle.

— Qu'est-ce qui se passe, ici ?

Mon père fait irruption dans le salon. Je me précipite vers lui, soufflant comme un taureau en rut, la face sûrement congestionnée par la colère.

— Regarde ! Regarde ce qu'a fait maman ! Elle m'a inscrite sans me prévenir à une émission de téléréalité ! De téléréalité, nom de Dieu !

Devant tant de véhémence, mon père recule prudemment et se gratte le crâne d'un air pensif, tout en me fixant avec des yeux ronds. Il ressemble à un brochet. Il se tortille, ne sait que répondre, écrasé sous le poids du regard menaçant de ma mère. Il se racle la gorge. Une fois. Puis deux. Puis trois. Se regratte le crâne furtivement, bafouille et clame soudain :

— Devinez ce que j'ai rapporté de la pêche ! Une truite dorée ! En sauce avec des petits champignons, ce sera délicieux !

Sur cette déclaration édifiante, il tourne le dos et fuit.

Typique.

J'adore mon père, mais il vit dans un monde à part, gouverné par ses hameçons et sa collection de sucres individuels emballés. Il n'a jamais su quoi dire ou quoi faire lors des conflits qui nous opposent régulièrement, ma mère et moi. Il fuit, sachant pertinemment que tout finit par se résoudre d'une manière ou d'une autre... Enfin... Surtout d'une certaine manière : je cède à ma mère.

Je me retrouve donc seule face à l'ennemie *Number 1* et fulmine. Ma décision est prise : le contrat, ils peuvent se le garder et je ne reparlerai plus jamais à ma génitrice.

Je fais volte-face sans un mot, quitte la maison en claquant la porte et m'engouffre rageusement dans ma voiture, non sans avoir trébuché sur la gamelle des labradors.

Quand j'arrive au magasin, Amélie est seule, Mme Roubichou ayant finalement réglé son dilemme. Elle se précipite vers moi aussi vite que le lui permet son effarant ventre de femme enceinte.

— Alors ? Qu'est-ce qui s'est passé ? Pourquoi tu es partie si vite ?

— Que veux-tu qu'il se passe ? Ma mère. Encore et toujours ma mère. Tu ne devineras jamais... Elle m'a inscrite à *L'Amour au vert* et j'ai été retenue. Mais ce n'est pas tout... Elle a signé un contrat en mon nom, m'engageant à participer. Je n'y crois pas ! Je...

Amélie, les yeux comme des soucoupes, glousse et se met à exécuter une espèce de danse de la victoire ridicule.

— Ne te réjouis pas : il est hors de question que j'aille là-bas pour rencontrer je ne sais qui et me donner en spectacle.

— Et pourquoi pas ? C'est une excellente idée ! Il va peut-être te plaire. C'est qui ? Il s'appelle comment ?

— Je n'en sais rien et m'en fiche éperdument !

M'attrapant le bras, Amélie m'entraîne vers l'ordinateur aussi vite qu'elle le peut et tape « Candidat *L'Amour au vert* ».

Une ribambelle de résultats apparaît. Elle clique sur « Images » et le portrait de mon prétendant apparaît en gros plan.

Objectivement, il est beau.

Brun, ténébreux, des lèvres rondes, pulpeuses… Terriblement pulpeuses…

Et il est scandaleusement musclé : son T-shirt menace de céder sous la pression de tant de vigueur. Le fils naturel de Rambo et de Lara Croft : un canon de la mort qui tue. On ne peut lui enlever ça.

Amélie n'en finit pas de glousser, de couiner, en bave même légèrement, ses hormones de femme enceinte ayant développé chez elle une sensibilité accrue à la beauté masculine.

— Mais, Anna, regarde-moi cet homme ! C'est un apollon, un dieu vivant ! Tu ne peux pas passer à côté de ça ! Pense à son torse musclé, à ses jambes musclées, à ses cuisses musclées. Sans compter qu'il doit être monté comme un pur-sang, cet homme-là ! Je suis sûre que sexuellement parlant il…

Je rabats sèchement l'écran de l'ordinateur ; je ne veux surtout pas en savoir plus sur ses délires d'hyper hormonée.

Elle rouvre l'appareil, affiche la page de présentation de la Bête et lit à voix haute :

— « Romuald est un œnologue passionné. Propriétaire d'une immense exploitation, fournisseur des plus grandes tables de la gastronomie française, c'est pourtant seul que cet homme de 38 ans traverse les années. Grâce à cette émission, Romuald, charmeur, romantique, souhaite rencontrer LA femme idéale. Celle avec qui il pourra fonder une famille et vivre heureux jusqu'à la fin des temps. »

Carrément.

Amélie ne tient plus en place.

— Et il t'a choisie, TOI ! Mais c'est troooop bien. C'est trooooop bon !

Trop de trooooop tuent le trop et je fouille dans ma poche pour attraper une cigarette salvatrice. Celle qui me détendra, me tirera des griffes d'Amélie et m'apportera une véritable bouffée d'oxygène. Mais au lieu de la drogue tant espérée, ma main agrippe alors la seconde lettre que ma mère m'a donnée.

Je la défroisse, l'examine et reconnais immédiatement l'écriture maternelle.

À l'attention de Monsieur Staton, producteur de l'émission L'Amour au vert

Référence 2101 : lettre pour Romuald

Cher Romuald,

Je suis Anna, une jeune femme de 30 ans. J'habite à Montpellier, mais c'est dans l'ombre d'une cave coopérative que j'ai fait mes premiers pas, à la fête annuelle du Vin nouveau et du Saucisson que j'ai dit mon premier mot. Je baigne (si je puis me permettre) dans l'univers du vin depuis que je suis toute petite, mon grand-père étant viticulteur. C'est donc tout naturellement que je me suis intéressée à votre portrait diffusé sur Star 1, le mois dernier. J'ai découvert un homme intéressant et attirant... Et si musclé ! Je suis immédiatement tombée sous le charme.

Mais faisons plutôt connaissance...

Je suis quelqu'un d'assez introverti et j'ai besoin d'avoir confiance avant de me livrer... J'ai toujours été ainsi. Adolescente, je m'enfermais des heures pour rêver et lire. Heureusement, grâce à ma formidable mère (qui prend des cours de théâtre depuis vingt ans, a fait une première apparition très remarquée dans Hélène et les garçons *en 1991, et est disponible au 06 38 55 04 24 pour tout rôle mettant en valeur ses compétences), je me suis ouverte aux autres et à la vie. Malgré ma timidité, lorsque je suis en confiance, je sais me montrer sociable et enjouée comme un escadron de lutins.*

J'ai fait des études d'arts appliqués et aime par-dessus tout mon métier : j'ai ouvert il y a un an une boîte de colliers design pour chiens, les colliers Ouaf-Ouaf, dont je suis la créatrice.

Je suis célibataire, bien sûr, et rêve de trouver le grand amour sans toutefois être idéaliste. Je connais les travers des hommes : j'ai eu l'occasion d'en fréquenter une bonne vingtaine. Mais je reste indulgente et optimiste. Vous trouverez ci-joint une photo de moi. J'espère que mes rondeurs abdominales ne vous rebuteront pas : mon amour de la bonne chère laisse malheureusement des traces... J'ai cependant d'autres avantages (95 C).

Je vous embrasse et espère faire bientôt votre connaissance,

Anna

P-S : Mon civet de lapin est délicieux.

Mais d'où a-t-elle sorti toutes ces foutaises ?

Mon grand-père était facteur et je n'ai jamais « baigné dans l'univers du vin » pour la simple et bonne raison que tout le monde boit du Coca, dans la famille.

Et « mes rondeurs abdominales » ?

Mes RONDEURS ABDOMINALES !

OK, j'ai un *très léger* ventre rebondi, mais qui peut se targuer, à 30 ans, d'être filiforme ? Kate Moss ? Mais existe-t-elle vraiment ailleurs qu'en photo ?

En plus, elle a osé balancer ma taille de soutien-gorge... en y ajoutant un bonnet.

Et osé dessiner des dizaines de petits cœurs roses.

Et se faire une autopromotion ridicule.

Et balancer le nombre de mes ex.

Et faire croire que je sais cuisiner le civet.

Ma mère est bonne à interner.

Amélie, qui lit par-dessus mon épaule, rit à s'en décrocher la mâchoire.

Sans un mot, je sors du magasin et fume frénétiquement ma cigarette.

Lorsque je rentre, Amélie a repris contenance et me fixe avec attention.

— Tu iras ?

— C'est exclu !

— Franchement, Anna, ce serait super pour toi. Les coups d'un soir, ça va un temps, mais tu ne peux pas continuer ainsi. Ta mère n'a pas tort : et si cette émission était la solution ? Fonce ! Imagine un peu la pub que nous allons nous faire ! Il suffira que tu parles souvent de ton métier et les gens vont se précipiter pour acheter nos colliers ! À nous la grande vie ! Quand Pedro saura ça...

— Ne parle de cette affaire à personne. Personne ! Pas même à ton mari. C'est inutile, je n'irai pas. C'est non. L'affaire est close.

— Très bien... Tu ne me laisses pas le choix...

Oh ! la traîtresse... Je la vois venir...

— Amélie, tu ne peux pas faire ça...

— Mais si, je le peux. J'invoque solennellement la promesse officielle du 1er juillet.

Elle l'a fait !

Chantage affectif.

Cette fameuse promesse a été formulée un soir de beuverie, alors qu'elle pleurait à chaudes larmes de ne pas réussir à tomber enceinte. De grosses gouttes amères glissaient sur son nez aquilin et allaient s'écraser avec un discret *ploc ploc* sur le comptoir du bar. Elle se demandait ce qui ne tournait pas rond chez elle ou chez Pedro, pourquoi ils n'arrivaient pas à avoir d'enfants, eux qui s'aimaient tant, envers et contre tous (lui, fan de Johnny et végétarien ; elle, accro à Joey Starr et aux steaks poivrés). Elle avait pourtant tout essayé : les cures homéopathiques, le poirier après le coït, les infusions ayurvédiques... Sans résultat.

Depuis quelques semaines, le cœur lourd de saigner, elle s'habituait à l'idée de ne jamais tenir dans ses bras un tout petit braillard. Moi, je lui affirmais qu'elle y arriverait, qu'il ne fallait pas s'inquiéter... Et ce fameux soir, je lui ai fait la promesse de lui offrir ce qu'elle voudrait : elle n'aurait qu'un mot à dire. Nous avons bien ri, imaginant les somptueux cadeaux qu'elle pourrait exiger. Un dîner avec Brad Pitt et Jennifer Aniston, histoire de voir comment deux ex hypermédiatisés géreraient la pression. Une épilation définitive de la moustache. Un aquarium géant avec un requin dedans. Un an de jeux à gratter...

Trois mois plus tard, radieuse, elle me collait sous le nez un test de grossesse encore tiède d'urine. Un test positif. Nous avons fait la danse du ventre, remercié les dieux de la grande ponte, gloussé comme des folles. Elle n'a rien demandé, n'a pas profité de ma généreuse offre.

En fait, elle attendait son heure.

Elle sait que la loyauté me forcera à accepter. Je ne réponds pas, mais constate l'expression d'intense satisfaction sur son visage. Elle a gagné. Et grâce à son pouvoir d'intuition supersonique de femme enceinte, elle le sait.

***

Le soir, je quitte le magasin, ébranlée. Lorsque j'arrive chez moi, Reno, mon colocataire, est affalé sur le canapé, une Kro dans une main, Stendhal dans l'autre. Nous vivons ensemble depuis deux ans. Nous nous sommes rencontrés sur Meetic il y a des plombes : il m'avait fait croire qu'il était beau gosse. J'avais prétendu que j'avais autant de sex-appeal que Britney et Madonna réunies. Notre rencontre n'a donc pas été à la hauteur de nos espoirs, mais il s'est ensuivi une merveilleuse amitié basée sur l'amour de l'apéro, des romans du XIXe et des canapés Ikea.

Dès qu'il me voit, il lève vers moi une figure moqueuse.

— Alors, ma grande ? On est prête à faire le grand saut et à devenir une star de la téléréalité ? Amélie m'a textoté. Eh ouais, je sais tout !

Je ne lui fais pas le plaisir de répondre et me réfugie dans ma chambre.

Tout tourne dans ma tête : le visage de Romuald top-sex, les muscles de Romuald top-sex, le sourire de Romuald top-sex, l'opportunité de faire connaître mes fabuleuses créations, mon célibat, les coups d'un soir, la promesse faite à Amélie...

Après tout, participer à cette mascarade pourrait être... drôle.

Vivifiant, qui sait ?

Et si j'acceptais ?

Reno fait irruption dans ma chambre, interrompant mes réflexions, et me tend une bière avant de s'affaler à mes côtés sur mon lit.

— Sérieux, Anna, tu devrais y aller. Qui sait ce que tu trouveras là-bas. Et puis, ça me fera une bonne occasion de vivre une folle aventure par procuration ! Pense à moi et à ma vie solitaire de web designer. Mets-nous un peu d'ambiance ! Sois folle, ma vieille ! Saisis ta chance !

— Oui, mais... Si je me ridiculise ?

— On ne sera pas dépaysés ! Bien sûr, ce sera sous l'œil de millions de spectateurs, cette fois, mais tant que tu réussis à rester plus digne que la fois où tu es sortie des chiottes du Mojito Dance avec une traîne de PQ coincée dans ton jean, tout ira bien !

Je glousse et tente de l'étouffer avec un coussin. Nous finissons la soirée devant *Harry Potter et les reliques de la mort* et le lendemain, ma décision est prise : j'irai.

Si Harry n'a pas fui devant ses responsabilités, je peux assurer, moi aussi.

— Allô, Anna ? Anna ?

Amélie s'affole au téléphone et doit se demander si je suis toujours là. Je me secoue et retrouve un semblant de courage.

— Oui... Je suis toujours là. Je ne vais pas faire demi-tour, c'est entendu. Mais je te préviens, au moindre souci, je pars...

— Voilà qui est raisonnable, ma chérie ! Je savais qu'il y en avait là-dedans ! Fonce, ma canaille, fonce ! Et prends-moi ce beau taureau par les cornes !

— On verra. Je te laisse, je te rappellerai quand j'y serai.

Alors que je passe devant le panneau « Issy-l'Évêque », je me rends compte que je suis arrivée.

J'ai atteint ma destination.

À moi les feux de la rampe, la séduction fine et bien menée et les bouteilles de vin à l'œil.

Et surtout... Surtout... À moi Romuald !

2. OÙ L'ON FAIT UNE ENTRÉE TRIOMPHALE (À LA MANIÈRE D'UN ÉLÉPHANT DANS UN MAGASIN DE PORCELAINE)

Lorsque j'arrive chez Romuald, le panorama qui s'offre à moi est tellement paradisiaque que je sens mon regard faire le truc du loup de Tex Avery, quand il voit la belle pin-up blonde. Malgré le temps pluvieux, c'est magnifique : une belle demeure vigneronne trône au milieu de bâtiments ultramodernes abritant de grosses cuves, et une monumentale piscine bordée de platanes jouxte un jacuzzi. Dans l'immense cour sont garés de nombreux camions. On peut voir sur leurs capots le logo de Star 1 ainsi que son slogan : « Vivez en direct ! »

Je me gare à une certaine distance, à la fois excitée et tétanisée, puis vérifie mon reflet dans les vitres de la voiture : toujours aussi petite, brune et joufflue.

Mon œil glisse sur mon abdomen. Alors ? Il est où, le ventre rebondi ? J'ai fait péter le collant taille de guêpe et suis presque parfaite... dans la catégorie petite brune.

En avant !

— Hé ! Vous, là-bas ! Qui êtes-vous ? Que faites-vous ici ?

Un énorme vigile se dirige vers moi. Pas martial. Talkie-walkie à la main. Oreillette. Effrayant ! Je crois même discerner un renflement dans sa poche. Une arme à feu ?

Instinctivement, je lève les mains.

— Heu... Je suis Anna, je viens pour l'émission. Je... Je vous jure que je suis aussi inoffensive qu'un paresseux narcoleptique.

Il éclate d'un rire grassouillet et je baisse les bras, un peu honteuse.

— Ah, vous voilà ! La seconde candidate ! Bienvenue ! Enchanté... Gaston, sécurité du tournage. Est-ce que je peux prendre vos affaires ?

Ses énormes bras s'emparent prestement de mes valises et, tandis que je le suis docilement, la triste vérité se rappelle à moi : *la seconde candidate*...

Peu après avoir pris la décision de m'embarquer dans ce show, j'ai fait une tonne de recherches sur Internet à propos de *L'Amour au vert*, dont je n'avais jamais regardé une seule émission. Et le principe, c'est que deux candidates doivent s'affronter pour décrocher le cœur du beau célibataire. Sur l'instant, j'ai connu une légère baisse de motivation, puis j'ai lu intégralement les cent trente et un commentaires d'un article de blog sur le sujet. Apparemment la production aurait son mot à dire dans le choix des candidates et si l'une d'elles est le véritable « coup de cœur » du célibataire, l'autre n'est là que pour divertir : blonde à forte poitrine et QI de - 25.

Il n'en a pas fallu plus pour me rassurer. Il était impossible que je sois celle-là, avec ma brunitude et mes mollets un peu épais. J'ai certains atouts, aux dires de mes précédentes conquêtes, mes yeux bleus langoureux et mon nez en trompette, mais je crois bien que ça s'arrête là. Je n'ai rien d'une bimbo amusante.

Je suis même… chiante, m'étais-je dit avec un brin de fierté.

Je dois trottiner pour suivre Hulk qui marche à une vitesse affolante. Quand soudain…

— AHHHHHHH !

Dans ma précipitation, je trébuche sur l'allée humide. Je tente de me raccrocher au bras du vigile… En vain. C'est comme un ralenti au cinéma : je vois le sol qui s'approche inexorablement et… et je m'étale comme une crêpe qui a raté la poêle. La boue prend le relais et je glisse sur environ trente centimètres tandis que mon pied — qui préfère rester là, merci bien — se tord sous mon poids et largue son escarpin.

Le choc est terrible. Mon front rebondit par terre et un intense mal de crâne me saisit.

Pire que ça, je suis mortifiée.

J'essaye péniblement de me relever, mais j'ai la tête qui tourne et ne réussis qu'à rester prostrée, à quatre pattes, comme un chien. Je prie silencieusement pour qu'aucun cameraman ne filme.

Tout à coup, une main vigoureuse m'empoigne, me redresse, et là… je vois le visage de Romuald. Je ne l'ai pas entendu approcher. Il est aussi beau que sur les photos. C'en est scandaleux. Ses lèvres tremblent légèrement. Il a envie de rire, c'est clair, mais se retient galamment. Je suis à deux doigts de mourir de honte et lâche un petit rire jaune, histoire de signifier que tout ça n'est qu'une vaste plaisanterie, mais je grimace vite, un goût de sang dans la bouche.

— Salut. Je ne sais pas ce qui s'est passé, j'ai trébuché.

— Tu te sens bien ? Tu ne t'es pas fait trop mal ? Tu es sacrément tombée !

Il a donc tout vu… J'espère juste que ma blouse ne s'est pas soulevée, exhibant mon collant taille de guêpe qui m'enserre la taille comme un étau jusqu'au nombril…

Romuald me regarde, l'air inquiet, toute trace de moquerie ayant disparu.

— Tu es très blanche. Rentrons tout de suite.

Même si je n'ai pas les idées claires et que ma cheville me fait atrocement souffrir, je ne peux me retenir d'avoir chaud à son contact. Je m'affale légèrement contre lui, profitant de l'occasion pour tâter son torse viril.

Brusquement, une main manucurée me tend mon escarpin. Je lève les yeux. La main appartient à une nana superbe. Parfaite même. Jambes interminables, hanches pulpeuses, décolleté plongeant, blondeur discrète et exquise. Elle me regarde d'un air méprisant, un sourire triomphal sur les lèvres.

Je me détache de Romuald, gênée.

— Merci ! dis-je en enfilant mon escarpin maculé de boue.

— Dis donc, quelle entrée ! Au fait, moi, c'est Jenny.

C'est elle, ma concurrente. Elle me jauge et pouffe. Je constate alors que ma jupe super sexy est pleine de terre et que mon haut est taché de sang.

Classe internationale.

Je claudique jusqu'à la maison, soutenue par Romuald, réussissant à peine à poser mon pied droit.

Niveau douleur, c'est pire, bien pire que la fois où je me suis fait enlever un ongle incarné.

Nous entrons dans la maison péniblement, suivis de Jenny qui bavarde gaiement, s'adressant exclusivement à notre hôte. J'ai à peine le temps d'admirer le salon que Romuald m'entraîne au premier étage.

Il ouvre la porte de la salle de bains, puis me fait passer ma valise.

— Je pense que tu as besoin de te changer. Ici, tu trouveras du désinfectant pour ta lèvre et de l'arnica pour ton front. Ta chambre est juste en face. Ça va aller ? On se retrouve en bas quand tu auras fini...

— Merci. Je vais faire vite.

— Tu es certaine que ça ira ? Tu ne veux pas que j'appelle un médecin ?

— Non, ne t'inquiète pas ! J'ai connu pire !

— On discutera tout à l'heure ! J'ai hâte de faire ta connaissance !

Il referme doucement la porte avec un clin d'œil encourageant.

Lorsque je me regarde dans la glace, je suis effondrée : j'ai une bosse monstrueuse sur le front. Une véritable excroissance. Et ma bouche est ensanglantée.

La fille naturelle d'une licorne et d'un vampire.

Et encore, je n'ai pas osé regarder ce que ça donne de profil !

Priant pour que le tournage ne commence pas ce soir, j'applique une généreuse couche de fond de teint sur l'infâme bosse qui vire au bleu-vert, puis me change, optant pour un simple jean. À chaque mouvement, ma cheville me fait un mal de chien. Elle a doublé de volume. J'arrive à peine à enfiler mes boots.

Ça commence bien...

Lorsque j'arrive sur le palier, je crois défaillir : j'aperçois deux cameramen en train de filmer. Lorsqu'ils entendent mes pas, ils dirigent immédiatement leurs caméras vers moi. J'ai l'impression d'être Scarlett

O'Hara faisant son entrée dans le monde, version non glamour. Je tente de descendre les marches correctement, mais n'y arrive pas. Je m'accroche à la rampe, tentant de minimiser mon boitement, et colle un sourire enjoué sur mon visage défiguré.

— Ah ! la voilà ! s'écrit Romuald en se dirigeant vers moi, un verre à la main. Comment te sens-tu ? Et ta cheville ?

— Ça va beaucoup mieux, je suis parfaitement remise ! dis-je avec un rictus d'enthousiasme.

Je ne vais pas me donner en spectacle devant les caméras et passer pour une fille geignarde. Il m'accompagne vers le bar d'une énorme cuisine américaine suréquipée et m'invite à m'asseoir auprès de Jenny qui me lance un regard goguenard.

— Alors, Anna ? reprend Romuald en me tendant un verre de vin. Tu as fait bonne route ?

— Oui. Je me suis fait arrêter par un flic, mais je m'en suis bien sortie... Il croyait que j'étais soûle et...

Mes interlocuteurs me regardent, l'air interloqué, et je me dis que j'y vais peut-être un peu fort pour un premier aperçu de moi-même.

C'est toujours comme ça quand je suis mal à l'aise.

— Enfin... Ce n'est rien, une broutille ! Une affaire d'excès de vitesse. Passons, ce n'est pas important. Je suis très contente d'être arrivée.

Mon crâne me fait souffrir et je dois faire un effort surhumain pour parler naturellement.

— Et... Qu'est-ce que tu fais dans la vie, Anna ? me demande Jenny.

Je repense immédiatement à Amélie : voilà une occasion en or de me faire de l'autopromo.

— J'ai ouvert une boutique de créations pour chiens : je conçois essentiellement des colliers. Tout est fait main et on garantit une originalité maximale à petit prix, réponds-je avec un regard engageant à la caméra. Les colliers Ouaf-Ouaf. Et toi ?

Jenny ricane.

— Je suis mannequin lingerie.

J'aurais dû m'en douter...

Romuald la regarde avec admiration.

— Tu te rends compte, Anna ? Jenny a été l'égérie d'Aubade ! C'était elle, la « leçon numéro 10 » !

Ma concurrente se tourne vers moi.

— Tu portes cette marque ? Si tu veux, je peux t'avoir des réductions !

J'acquiesce poliment, n'osant pas dire que le dernier soutien-gorge que j'ai acheté était une promo de chez Carrefour : quatre en coton pour dix euros. Un silence gêné s'installe autour de la table, puis un léger vibrato se fait entendre. Romuald saisit son téléphone et lit ce qui doit être un texto. Son visage blêmit. Les lèvres pincées, il tape une réponse rapide, repose brusquement son portable sur la table et esquisse un sourire qui se veut convaincant.

— Bon, les filles ! Il est déjà 20 heures. Voilà le programme si ça vous branche : petit apéro dînatoire et trempette dans le jacuzzi...

Le SMS ne devait pas être important.

— Parfait ! approuve Jenny avec un enthousiasme délirant. Je vais t'aider à préparer. Non, non, ne bouge pas, Anna. Tu dois ménager ta cheville !

Je me rassieds, impuissante, et les observe plaisanter ensemble devant le frigo. Romuald lui effleure la joue avec du persil. Elle renverse la tête, charmeuse. Une pure scène de comédie romantique. Je commence à trépigner sur mon tabouret.

Le portable de Romuald vibre encore. Et encore.

— Romuald, ton téléphone...

Il s'approche, y jette un coup d'œil. Cette fois, il

rougit, ses yeux lancent des éclairs. Il jette l'appareil sur le canapé.

— Quelle bande de vautours, ces commerciaux ! On arrive, Anna. C'est bientôt prêt.

Il retourne auprès de Jenny aussi vite qu'il est venu et je me sens seule, sur mon pauvre tabouret. Il faut à tout prix que je fasse quelque chose. Que je dise quelque chose.

— Qu'est-ce que vous préparez ?

— Tu verras, lance Jenny sans même me regarder.

Une interminable demi-heure passe, demi-heure durant laquelle je ne peux qu'observer le déploiement de séduction de Jenny. Ils ne me parlent pas et je ne peux les entendre : le crépitement de la poêle couvre leurs voix. Mais ils s'en payent une bonne tranche, croyez-moi ! Peut-être qu'ils se rejouent ma lamentable chute ? Non... Je vire parano, là.

Les caméras font un incessant aller-retour entre eux et moi, c'est l'horreur. J'essaye de prendre une pose décontractée, mais je sens bien que j'échoue. Quand je pense que la première sera diffusée demain à 11 heures... J'espère pouvoir constater discrètement les dégâts sur mon smartphone, et si c'est vraiment trop la honte, je mets les voiles fissa. Enfin, Romuald s'approche de moi et s'accoude au bar.

— Je te ressers, Anna ? Alors, parle-moi un peu de ta vie à Montpellier...

— Oh ! tu sais, rien de fracassant ! Le boulot, les amis, mes parents... Ma mère ! Et toi ?

— Moi ? J'ai hérité de l'entreprise et je fais surtout de la gérance : les mains dans les vignes, très peu pour moi. Je supervise, je m'occupe de la distribution des vins, et je dois dire que ça fonctionne assez bien. J'ai beaucoup développé la vente, l'exportation... Penélope Cruz boit MON vin, imagine ! Je vous montrerai tout ça demain. Sinon, une vie de célibataire. Un cœur à prendre, quoi !

Jenny pose bruyamment un plat de tapas sur la table et me foudroie du regard. On dirait qu'elle n'apprécie pas que je discute avec Romuald...

— Allez, les filles ! C'est l'heure de l'apéro ! À la vôtre et à votre séjour ! Qu'il soit divertissant !

Nous trinquons, quand une voix de stentor hurle :

— Coupez !

Un petit bonhomme chauve à gros ventre s'approche de nous à pas précipités et me serre la main.

— Jason Staton, producteur. Enchanté, Anna. Vous nous avez gratifiés d'une belle arrivée, dites donc ! Nous allons arrêter de filmer pour aujourd'hui ; nous avons assez d'images pour la transmission de demain. L'émission consistera surtout à vous présenter. Je vous remercie. Bonne soirée !

Avant que nous ayons le temps d'ajouter quelque chose, il s'éloigne, suivi de ses deux cameramen.

Nous mangeons donc et buvons en toute quiétude. Je dois dire que c'est plus agréable, sans les caméras. On parle déco, boulot, enfance, famille, amour... Romuald nous apprend qu'il n'a jamais vraiment eu d'histoire d'amour sérieuse, qu'il a toujours papillonné, et Jenny reste évasive. Bonne stratégie. Je suis son exemple. De toute façon, il me serait impossible de raconter les choses en détail : Jenny ne cesse de jacasser.

Lançant un regard en direction de la bibliothèque, je vois là ma chance de me rapprocher de Romuald.

— Tu as une bibliothèque bien fournie, dis donc ! Tu aimes lire, je suppose ? Et tu possèdes tous les romans d'Irving ! C'est un auteur que j'adore !

Jenny se renfrogne et s'enfonce dans son siège, alors que Romuald et moi débattons de l'intérêt du *Monde selon Garp.* Son point de vue est fabuleusement fascinant. Cet homme-là a tout pour lui.

Une douce euphorie, provoquée par la chaleur, le vin et la proximité de Romuald, m'envahit. Finalement, l'idée de ma mère n'était pas si mauvaise ! Il me sourit... Je lui souris...

Mais son portable rompt l'harmonie. Cette fois, ce ne sont plus des textos, ce sont des appels. Répétés.

— Et si nous passions au jacuzzi ? propose-t-il précipitamment, ignorant son téléphone.

Zut...

— C'est-à-dire que... j'ai oublié mon maillot.

— Je peux t'en prêter un, mais est-ce qu'il t'ira ? Tu as un bon nombre de bourrelets ! Tu penses pouvoir rentrer dedans ? susurre ma concurrente.

Garce !

— Je veux bien en essayer un, et si les ficelles lâchent, je promets de t'en offrir un nouveau.

Romuald suit l'échange et glousse à ma réplique.

— Je suis sûr qu'il t'ira parfaitement, commente-t-il. Vous n'êtes pas si différentes !

Et vlan ! Dans tes dents, espèce de mannequin lingerie ! Quel homme, ce Romuald, quel homme !

Jenny me fusille du regard, vexée comme un pou.

Nous montons à l'étage et entrons dans sa chambre. Déploiement de valises, de tenues, de produits de beauté. Et dire que je pensais abuser avec deux bagages !

Elle fouille dans une pile, dégaine un maillot, puis se tourne brusquement vers moi.

— Écoute, toi et moi, nous avons clairement le même but, mais sache que je suis là pour gagner. Va pas falloir marcher sur mes plates-bandes.

En disant ça, elle s'approche jusqu'à coller son nez dénué de points noirs tout près de moi.

Elle a l'air en transe. Carrément effrayante.

Va-t-elle me frapper ? Me mordre ? Me gifler ?

Une grosse veine bat follement sur son front.

— T'as pas intérêt à trop la ramener, sinon... Romuald est à moi. Et ne crois pas que tu aies une quelconque chance avec tes sourires mielleux et tes livres à la noix !

— Heu... D'accord, dis-je prudemment. Est-ce que je pourrais avoir le maillot ?

Et voilà... Moi tout craché ! Au lieu de lui répondre un truc bien acerbe, j'approuve niaisement. Et dans dix minutes, j'aurai tout un tas de répliques bien senties en tête.

Lamentable.

Elle me jette un maillot et me pousse sans ménagement vers la sortie.

Pourquoi est-elle si agressive ? Moi aussi, je pense comme elle : je n'ai aucune chance. C'est une bombe. Et en plus, elle est extravertie, ouverte. Romuald doit me trouver intéressante, sympathique... Mais c'est tout de même moi le vilain petit canard, impression qui se confirme tandis que je tente, avec mille contorsions, d'enfiler son maillot. Il est ridiculement petit. Les triangles du soutien-gorge couvrent à peine mes mamelons. Si je bouge, ils se font la malle. Quant à la culotte, elle me serre tellement que deux ignobles bourrelets se forment sur mes hanches. Ajoutons à ça la trace rouge prononcée que mon collant taille de guêpe a laissée sur mon ventre... Résultat : la cata.

Tant pis. J'y vais. J'assume.

Tout le monde ne peut avoir un corps parfait.

Autant se la jouer décontractée.

Je descends précautionneusement, ma cheville me faisant toujours aussi mal, et me rends au jacuzzi. Ils y sont déjà, à s'éclabousser joyeusement, très proches l'un de l'autre. Lorsque j'arrive, ils s'éloignent, un peu gênés. J'ai l'impression d'être de trop.

Je m'apprête à m'asseoir, quand Romuald pousse un cri horrifié.

— Anna, ta cheville ! Elle est énorme !

— Oui... J'ai toujours eu les mollets un peu forts...

Il n'empêche... Il y a d'autres façons de le dire...

— Je veux dire ta cheville droite : regarde comme elle est enflée !

Un rapide coup d'œil me confirme qu'elle est complètement disproportionnée par rapport à l'autre.

— Tu ne peux pas rester comme ça ! Je vais passer un coup de fil à Charles. C'est un voisin, il est chirurgien.

Avant que je proteste, il sort du jacuzzi et s'éloigne. Je reste en tête à tête avec Jenny. Un silence lourd de menace nous enveloppe.

Elle me fixe sans un mot.

J'ai l'impression que d'une minute à l'autre elle va me bondir dessus avec son maillot de tigresse et me griffer jusqu'au sang. Sa grosse veine se remet à battre...

Elle me file les jetons, cette fille.

Heureusement, Romuald revient.

— C'est bon. Charles arrive dans deux minutes.

— Merci, mais vraiment, ce n'était pas la peine...

— Ho, arrête un peu l'héroïsme ! proteste Jenny, visiblement hors d'elle. Tu vois bien qu'il faut te faire soigner !

Tout en disant ça, elle me tourne ostensiblement le dos pour se mettre face à Romuald.

— Tu sais, tout à l'heure, tu disais aimer le ski, continue-t-elle, reprenant manifestement la conversation que mon arrivée a interrompue. Moi j'adore ça. Uniquement les pistes rouges, bien sûr. Ce serait sympa, un petit séjour à la neige, une fois qu'on aura appris à mieux se connaître tous les deux...

— Oui, pourquoi pas. Et toi, Anna ? Tu skies ?

— Hum, hum...

L'auteur de ce « hum, hum » est un homme grand, mince, brun, l'air épuisé. D'énormes cernes soulignent ses yeux. Il semble passablement agacé.

— Bonsoir. Tu sais que je t'adore, Romuald, mais je suis chirurgien, moi, pas médecin de nuit.

— Désolé, Charles, dit Romuald en lui serrant la main. Mais je crois que sa cheville est bien amochée et je me suis dit...

— C'est bon. Qu'elle sorte. Je vais l'ausculter.

« Qu'elle sorte » ? Il ne peut pas s'adresser à moi directement ? Il a l'air sympa, lui, tiens...

Il fait demi-tour et entre dans le salon. Je m'enroule dans une grande serviette et clopine jusqu'à lui. Il me fait signe de m'asseoir.

— Voyons ça, fait-il sans me regarder. Ah oui... Vous vous êtes fait mal, effectivement. C'est une foulure. Rien de bien méchant, mais il faut vous reposer un maximum et éviter de trop marcher. Je vais vous faire un bandage.

— Merci. Je suis désolée de vous avoir dérangé.

— Vous pouvez l'être. Je sors d'une garde de vingt-quatre heures. Je suis claqué.

Je ne sais que dire. Il me met mal à l'aise et ne me regarde toujours pas dans les yeux.

Ses mains expertes m'enveloppent la cheville dans un silence de mort.

Il souffle, marmonne.

Je ne comprends pas un mot, mais ça ne doit pas être très sympa pour moi.

Heureusement, Romuald entre dans la pièce et tend un verre à Charles.

— Non, merci, décline-t-il, l'air pincé. Je n'ai qu'une envie, là, c'est de dormir.

— Allez, Charles, ne fais pas ta mauvaise tête. Bois un petit coup !

— N'insiste pas. Voilà, mademoiselle, me dit-il. Vous prendrez cet antidouleur ce soir. Repos pendant trois jours.

Je bredouille encore quelques remerciements et il croise enfin mon regard.

Il a les yeux les plus extraordinaires que j'aie jamais vus. Verts, avec des pépites jaunes dedans, ourlés de cils épais. Mais le mépris que je lis dans son regard me glace. Il doit me prendre pour une nunuche accro à la téléréalité, une fille qui veut à tout prix passer devant les caméras.

Ça me vexe horriblement. Il se prend pour qui, pour me juger sans me connaître ?

Il referme sa trousse dans un claquement sec, se détourne, serre la main de Romuald et s'en va sans même me dire au revoir.

On m'avait dit que la profession médicale ne se prenait pas pour rien, mais là, c'est le pompon !

Bon, d'accord, il n'a pas dormi. Mais ce n'est pas une raison pour être aussi désagréable ! Il n'avait qu'à refuser de venir, si ça lui pesait tant.

Sale type, va !

— Tu as entendu ce qu'a dit Charles, Anna ? Repos.

Repos... Mais comment je vais faire, moi, pour participer aux excursions prévues, visiter l'exploitation... Séduire Romuald ?

Je n'aurais jamais dû venir.

Le bilan est pour le moment catastrophique. Un PV. Une cheville foulée. Une énorme bosse. Un mannequin psychopathe qui veut ma peau.

Mais... Mais... Il y a Romuald et je ne peux m'empêcher d'être attirée par lui.

Nouvelles vibrations...

Encore ?

Romuald souffle et prend la communication, nerveux. Il s'éloigne en chuchotant, mais je peux saisir quelques bribes de sa conversation.

— Je t'ai dit de me foutre la paix... Non... Non, je ne reviendrai pas sur ma décision... Quoi ? Des menaces ?

Qui peut bien l'appeler sans cesse ? Des menaces ? Carrément ?

C'est louche, cette histoire... Je veux bien que les commerciaux soient collants, mais pas en pleine soirée. Il a quitté la mafia russe ou quoi ?

Jenny me rejoint et s'assied à côté de moi, interrompant mes réflexions.

— Alors, qu'est-ce qu'il t'a dit, le docteur ?

— Repos forcé.

— Ah !

Elle m'agace, celle-là, avec son « Ah » plein de joie contenue.

— Alors tu ne pourras pas venir avec nous, demain ? Romuald m'a parlé d'une promenade à Dijon avant que tu arrives. Ce n'est pas plus mal, finalement. Ça nous fera un tête-à-tête... Peut-être qu'il trouvera un moment pour venir te voir, en rentrant... Enfin... Peut-être... Ou pas. Après tout, tu ne l'intéresses pas, c'est évident !

J'hésite entre lui tirer les cheveux jusqu'à la faire se cambrer ou lui planter mon genou dans le nez.

Garce...

— Merci pour ta sollicitude, Jenny. En fait, tout ça te plaît, hein ? Tu te régales, là ? La petite rondouillarde bien humiliée depuis le début ! Bien estropiée et hors jeu dès le départ ! Mais tu sais quoi ? Je m'en contrefous ! Je ne voulais même pas venir, à cette émission ! On m'a forcé la main. Alors vas-y, fonce, saute sur lui. Je m'en bats l'œil ! Je m'en tamponne le coquillard ! Mais je t'en supplie, arrête de me faire chier !

Je rêve ! Ma grande tirade l'a mouchée. Elle ne pipe mot et je vois même une larme briller dans ses yeux.

Je suis essoufflée, mais je jubile.

— Heu... Les filles ?

Oh non ! Romuald.

J'aurais dû m'en douter. Il était impossible qu'un quelconque regret saisisse cette peau de vache. Elle a joué la comédie.

Depuis quand est-il là ? A-t-il tout entendu ?

Cette soirée est décidément catastrophique.

Il est temps qu'elle cesse.

— Excusez-moi... Je vais aller me coucher. Ce sera mieux pour tout le monde.

Romuald tend une main vers moi, toujours galant, toujours aimable.

— Tu ne veux vraiment pas rester un peu ? Il n'est que 22 heures !

— Non. Merci, mais je dois me reposer, ton voisin l'a dit. Je suis fatiguée.

Sous l'œil triomphant de Jenny, je m'éclipse, vaincue.

1 heure.

Je tourne et me retourne dans mon lit en observant le plafond de la coquette chambre que Romuald m'a attribuée.

Impossible de trouver le sommeil.

Tous les détails de cette soirée ratée me reviennent en tête. J'ai dû faire une impression désastreuse.

Je décide de textoter Amélie :

Arrivée horrible. Je pense rentrer…

La réponse ne se fait pas attendre. Insomnie de femme enceinte...

Mais nooon, je suis sûre que tu exagères ! Je te regarderai demain !

Je réponds aussitôt :

Ça va te faire peur. Je suis sérieuse, je pense partir. Mais je dois attendre trois jours. Entorse à la cheville.

Retour plein de sollicitude d'Amélie :

Que s'est-il passé ? Tu veux que je vienne ?

Même si c'est tentant, je ne peux exiger ça d'une femme enceinte de huit mois...

Non, ne t'inquiète pas. Je t'appelle demain. Bonne nuit !

Salutations d'Amélie :

OK. Bonne nuit ma chérie.

Mon ventre gargouille. J'ai diablement faim... N'y tenant plus, je me rends tant bien que mal dans la cuisine et me prépare un monumental sandwich avec à peu près tout ce qui se trouve dans les placards.

Alors que je mâchonne, morose, fixant la nuit par la fenêtre, j'aperçois une lumière dans la cour.

Je plisse les yeux et constate qu'il s'agit de la caravane de Staton, le producteur. Deux silhouettes se découpent dans l'embrasure de la porte, puis l'une d'elles se dirige vers la maison. Je reconnais le corps svelte de Jenny. Aussi vite que me le permet ma cheville, je remonte à l'étage et referme tout doucement la porte de ma chambre avant qu'elle me voie. J'entends bientôt des pas feutrés fouler la moquette du couloir.

Que faisait-elle avec Staton à une heure pareille ? Étrange...

Enfin... Pas moins que le manège de Romuald avec son portable.

Je sens qu'ils me cachent des choses, et si je n'ai aucune chance ou presque de conquérir mon hôte, je suis déterminée à lever ces mystères.

Sentant la sève de l'esprit de Colombo entrer en moi, je m'enfouis sous le drap et ferme les yeux, bien décidée à en savoir plus.

3. OÙ L'ON REÇOIT PLUS DE VISITES QU'UN SUPERMARCHÉ À L'HEURE DE POINTE...

Un léger coup à la porte me tire du sommeil profond dans lequel j'ai finalement réussi à plonger.

— Anna ! C'est moi ! Je t'apporte le petit déjeuner. Je peux entrer ?

Romuald ?

Je défaille.

Romuald armé d'un plateau-repas comme dans les hôtels top stylés ?

Un espoir insensé m'envahit : la soirée d'hier n'a pas été *si* catastrophique que ça, finalement. Nous finirons peut-être ensemble, mariés pour la vie et racontant à nos dix petits-enfants l'histoire de notre rencontre.

Ah, si seulement...

Un autre coup à la porte.

Je me secoue, ouvre les yeux au maximum, vire mes chaussettes chauffantes Damart et prends une pose à peu près glamour, tout en espérant ne pas avoir une grosse trace de drap sur la joue.

— Entre, je t'en prie, je me réveille à peine !

Il est toujours aussi appétissant. Rasé de près, le visage lisse de toute fatigue, il me lance un regard attendri et pose sur la table de nuit un thé fumant, deux croissants et une petite fleur.

La totale ! Le romantisme à son apogée !

— Salut ! Il est déjà 10 heures, mais je t'ai laissée dormir. Avec tes aventures d'hier, tu en avais bien besoin. Comment te sens-tu ?

— Ma cheville me fait un peu mal, mais c'est tout à fait supportable. Merci pour le petit déjeuner, c'est adorable !

Il s'assied à côté de moi et repousse la mèche folle qui me barre le front. J'ai l'impression d'être à Hollywood. Il me faut retenir le sourire niais qui s'épanouit sur mes lèvres, mais c'est tout à fait impossible.

— Tu sais, je me suis fait du souci, hier. J'ai perçu les tensions entre Jenny et toi, mais j'espère que tu ne vas pas partir pour autant. J'ai très envie qu'on continue à faire connaissance. Et puis, ajoute-t-il avec un clin d'œil, tu sais te défendre !

Le rouge me monte aux joues : tout n'est pas perdu, finalement.

— Je n'aurais pas dû m'emporter... Mais c'est déjà oublié, ne t'inquiète pas ! Alors ? Quel est le programme du jour ?

— J'avais prévu une promenade à Dijon, mais vu ton état, je pense que nous allons annuler.

Pour que Jenny et sa grosse veine me trucident ? Non, merci...

— Ça me gêne que tu bouleverses tout pour moi...

Je décide de la jouer grande dame, histoire de gagner des points.

— Tu n'as qu'à y aller avec elle, et ensuite nous prendrons un moment pour discuter tous les deux. Est-ce que ça te convient ?

— Oui... Mais toi ? Qu'est-ce que tu vas faire, pendant ce temps ?

— Ne t'inquiète pas, je dois répondre à quelques textos et j'ai des appels à passer, réponds-je en lançant un regard à mon téléphone qui clignote de manière incessante. Et si je m'ennuie, je n'aurai qu'à piocher dans ta bibliothèque !

Pas la peine de lui dire que je vais en profiter pour regarder la première de l'émission ni vu ni connu.

— Marché conclu. Mais à mon retour, on s'accorde un moment seule à seul, promis ?

Promis, juré, craché, tout ce qu'il veut. Je fonds littéralement.

— Bien sûr ! Où est Jenny, au fait ?

— Ce matin, je lui ai fait faire le tour de la propriété : dès qu'elle a vu l'écurie, elle a voulu monter. Elle est très douée en équitation.

Évidemment. Qu'est-ce qu'elle ne sait pas faire, celle-là ?

Il se lève et me tend un croissant.

— Je te laisse manger et te préparer. Nous partons dans trente minutes, Jenny et moi. Nous rentrerons en milieu d'après-midi. Ça ira, tu en es sûre ? N'hésite pas à faire comme chez toi, sers-toi dans le frigo et surtout, surtout, repose-toi !

Il dépose un léger baiser sur mon front et quitte la chambre. Mon cœur bat la chamade... C'est indéniable, je me suis transformée en midinette. Mes soupçons et interrogations concernant le harcèlement téléphonique dont il a fait l'objet hier me paraissent soudain absurdes. Je décide donc de me concentrer exclusivement sur le cas Jenny-Staton : ce soir, je lancerai mon plan d'attaque.

En sortant de ma chambre, repue et habillée, je tombe sur un gars de Star 1 qui m'attend, armé d'une caméra. Dès qu'il me voit, il la pointe sur moi. Je le salue, puis lui tourne le dos pour descendre. Il me suit précipitamment, sautant même trois marches pour me filmer de face. Ma bosse ayant nettement régressé, je me prends au jeu et lui offre mon sourire le plus enjôleur, mais alors que je commence à me sentir très Julia Roberts, il baisse son engin.

— Voilà, c'est tout. Je ne vous embête pas plus longtemps. Je vais suivre Jenny et Romuald : il va y avoir de l'action !

De l'action... Bien sûr. Jenny va tout mettre en œuvre pour faire succomber Romuald, mais j'écarte cette idée déplaisante, déterminée à ne pas me torturer avec ça. C'est inutile. Quand on est une grande dame, on ne doute pas, on garde la tête haute, on sourit face à l'adversité. On prend l'adversité dans ses bras. On fait l'amour à l'adversité !

Et puis, j'ai quand même eu droit au coup de la mèche et du baiser sur le front : ça n'est pas rien !

Je SUIS dans la course.

Cinq minutes plus tard, après avoir vérifié que plus personne ne traîne dans les parages, j'allume la télévision d'une main tremblante et m'affale sur le canapé XXL. L'émission va bientôt commencer et ma confiance en moi s'effrite. Je m'en ronge les ongles par avance.

Que vont-ils dire de moi ? Comment vont-ils présenter Jenny ? Est-ce que, finalement, ce sera moi, la potiche décérébrée de service ?

La publicité est interminable et j'en profite pour lire mes textos.

Alors, ma chérie, cette rencontre ? Agnès, Marjorie, Chantal, ton père et moi sommes dans les starting-blocks pour te regarder ! Gros bisous ! Maman.

Ça va mieux ? Je suis au magasin, mais je m'apprête à suivre *L'Amour au vert* ! J'ai hâte ! Amélie.

T'es déjà dans son lit ? Reno.

Alors que j'envoie des réponses à tout-va, le générique démarre. Mon cœur cogne follement dans ma poitrine.

Trois portraits s'affichent à l'écran : Jenny, impeccable. Romuald, plus sexy que jamais. Et moi... ma foi... plutôt charmante.

Zoom sur l'arrivée de Jenny : une voiture noire racée s'arrête et une jambe interminable en sort. La caméra fait un gros plan sur le visage de Romuald qui écarquille les yeux, subjugué. Le tout sur une petite musique d'ambiance à la *Neuf semaines et demie*. La voix off en rajoute une couche, parlant de « l'arrivée la plus glamour de la téléréalité ».

Non, mais je rêve ! Romuald lui fait un baise-main ! On les voit ensuite faire le tour du jardin. Jenny s'extasie sans fin. Romuald s'extasie de la voir s'extasier et ainsi de suite.

C'est totalement désespérant.

Puis vient mon tour. J'agrippe le canapé, prête au pire. Ma petite Fiat se gare...

Mon Dieu.

Tout a été filmé...

Mon lever de bras quand j'ai cru que Hulk me prenait pour une terroriste... Ma chute sans fin qui, comme je le craignais, a dévoilé mon collant taille de guêpe et mon ventre qui bloubloute comme du Flanby... Les rires des gens... L'expression de stupéfaction de Romuald... Le rictus de satisfaction de Jenny...

Mais le pire dans tout ça, c'est que, *moi aussi*, j'ai droit à ma musique...

Celle de *Benny Hill*.

Je suis atterrée.

Et dire que ma famille, mes amis, le monde entier assistent à mon humiliation ! Ma mère doit avoir envie de me renier et moi, j'ai envie de pleurer.

Mon portable sonne déjà, mais je l'éteins, n'ayant aucune envie d'essuyer les commentaires navrés de mon entourage.

— Hé ! C'est toi, à la télé !

Sursautant, je me retourne et me trouve nez à nez avec un adolescent complètement hilare.

— Excuse-moi, mais t'es trop drôle, là !

Il se ressaisit, notant mon regard furibond, et reprend, plus sérieux :

— En fait, je venais voir Romuald... Je suis son stagiaire et je voulais qu'il relise mon rapport avant que je le rende...

— Il n'est pas là, dis-je avec mon air le plus pincé et le plus digne. Tu n'as qu'à le lui laisser.

Il ne m'écoute pas et s'affale près de moi sur le canapé.

— Ça te dérange si je regarde avec toi ?

— Très franchement, oui. Je n'ai pas besoin d'un assistant en humiliation. Je suis déjà assez mortifiée comme ça...

— Mais non, regarde : là, tu assures !

C'est la scène de la descente d'escalier. Finalement, je m'en suis bien sortie. Bien sûr, la caméra fait un gros plan sur ma bosse mal camouflée, mais mon look est au top et ma démarche à peu près naturelle.

— Par contre, ta concurrente, elle est gratinée. Jenny, c'est ça ? Oh ! là, là ! Quelle bombe !

— Oui... Mais il faut voir la peau de vache qui se cache derrière...

— Non ? Raconte !

Subitement, j'ai envie de vider mon sac. Oui, c'est un ado. Oui, je ne le connais pas. Tant mieux.

Je lui raconte tout : mon arrivée loupée, les piques de Jenny, sa grosse veine effrayante, son discours menaçant...

— Quelle *bitch* !

Voilà sa conclusion. Et je suis bien d'accord avec !

— Tu devrais t'armer d'une aiguille : la prochaine fois qu'elle s'énerve, tu la lui plantes dans la veine, histoire de voir si ça éclate !

— Tu es immonde, mais je retiens l'idée !

Alors que nous imaginons les pires punitions à infliger à Jenny, le générique met fin à mon supplice public. Il était temps.

— Bon... Ben... Romuald n'est pas là. Tant pis pour mon rapport...

— Il est parti en escapade romantique avec Jenny.

— Pas de bol. Tu crois qu'elle va lui mettre le grappin dessus ?

— Elle va essayer, c'est sûr. Mais j'ai mes chances aussi : il m'a apporté le petit déj au lit, figure-toi. Et on se voit en tête à tête tout à l'heure.

— Cooool ! Tu vas la dégommer !

— Je n'irai pas jusque-là, mais tes encouragements font plaisir... Tu veux que je le relise, ton rapport ? Je suis super douée en orthographe.

— T'es sympa, toi, dis donc !

— Je sais. Allez, arrête de me flatter et prépare-nous du café ! Tu t'appelles comment, au fait ?

— Lino pour vous servir, très chère !

Son texte est bourré de fautes, mais je le lui corrige de bon cœur car, après tout, il a insulté Jenny deux fois : ce garçon me plaît.

— Dis donc, me dit-il un peu plus tard, l'œil rivé sur son smartphone, je suis en train de lire les commentaires de l'émission sur le Net… Je ne te conseille pas d'aller voir…

— Laisse-moi deviner : tout le monde se fout de moi ? Je m'y attendais. Mais je suis bien résolue à ne pas y prêter la moindre attention.

Mes proches doivent inonder ma messagerie… Ma mère, désespérée. Amélie, complètement affolée. Reno, ironique à souhait… C'est vrai que le montage ne me rend pas hommage, mais après tout, le pire est passé ! Je ne peux que faire mieux.

— Les gens sont libres de penser ce qu'ils veulent de moi. Hier, j'avais envie de fuir : tout me semblait mal parti, mais finalement, Romuald souhaite que je reste. Ce n'est pas pour rien, non ?

— Si tu le dis ! Mais quand même, tu as une sacrée concurrente !

— Arrête, sinon je ne corrige plus ton torchon ! Va donc jeter un coup d'œil sur le site du Bled, au lieu de végéter devant les blogs débiles de cette émission débile !

— Hé ! Mais c'est qu'elle mordrait !

Je lui lance mon stylo dessus. Il l'attrape habilement et me le renvoie en visant mon décolleté.

— Arrêêêête !

Soudain, la sonnette retentit, mettant fin à notre combat. Lino va ouvrir et revient accompagné de Charles, l'air toujours aussi revêche et fatigué. Qu'est-ce qu'il vient faire ici ?

Je ne sais que faire et me lève maladroitement, brusquement mal à l'aise.

— Ne vous levez pas. Que vous ai-je dit, hier ? Repos.

Je me rassieds donc docilement, avec la vague impression de me transformer en caniche devant son maître. Même Lino en a la chique coupée.

— Pas de caméras ? Où sont Romuald et votre amie ?

— Ce n'est pas mon amie. Et ils sont sortis jusqu'à cet après-midi.

À cause de cet empêcheur de tourner en rond qui m'a condamnée au repos forcé.

— Je vais y aller, Anna, annonce Lino. Tu gardes mon rapport ? Je peux passer le récupérer ce soir ? Et te laisse pas avoir par la concurrence, hein, ma grande ! Fonce !

Immobile, Charles le regarde sortir de la pièce, puis s'approche de moi.

— Je suis venu vérifier l'état de votre cheville... Ne prenez pas cet air effaré : un bon médecin suit un minimum son patient. Voyons... Ça a l'air moins enflé, mais quand même... Vous avez souffert, cette nuit ?

— Non, pas du tout ! C'est encore sensible, mais je vous assure que tout va bien ! Je ne sens presque plus rien !

Tout pour qu'il parte... Il m'embarrasse, avec son regard fuyant et son ton sévère.

— Vous minimisez pour pouvoir aller batifoler dans les prés, mais vous n'êtes pas remise. Il ne faut pas prendre les entorses à la légère, mademoiselle. Posez votre jambe sur le canapé, je vais vous refaire le bandage.

« Batifoler dans les prés » ? Mais pour qui il me prend ?

— Non, merci, ce ne sera pas nécessaire.

— Si. Ça l'est. Pas de caprices, c'est bon pour les enfants. Allongez-vous.

Un peu rudement, il me force à m'étendre sur le canapé. Je suis soufflée. Après avoir sous-entendu que je suis une fille légère et m'avoir traitée de capricieuse, il me violente presque ? Je reste immobile, mais la fureur m'envahit. Il change mon bandage avec dextérité, sans un mot. Je trouve malgré tout le temps long.

Enfin, il se redresse et me regarde de toute sa hauteur.

— C'est bon pour aujourd'hui. Continuez à prendre les médicaments que je vous ai prescrits hier : ne les oubliez pas. Je reviendrai vous voir demain.

— Non.

Dans tes dents, espèce d'arrogant !

Il lève un sourcil étonné.

— Écoutez, je vous ai prise en charge contre mon gré, je l'admets, mais il ne sera pas dit que je ne veille pas sur mes patients. Soyez un peu responsable, bon sang ! Pensez à votre santé : c'est plus important que la gloire télévisuelle ! Quelle superficialité !

Mon sang ne fait qu'un tour.

— Dites donc, MONSIEUR, pour qui vous prenez-vous, pour me juger aussi rapidement ? Qui vous dit que je viens pour « la gloire télévisuelle » ? Vous ne savez rien de moi et vous vous permettez des avis foireux ? Vous n'êtes... Vous n'êtes qu'un... péteux mal embouché !

Voilà, c'est dit ! C'est parti tout seul ! Et ça me soulage. Il était temps de lui rabattre le caquet, à ce prétentieux, non, mais !

Il me regarde sévèrement. Un grand silence se fait... Un silence interminable. Il rougit, ses yeux s'agrandissent. J'ai l'impression qu'il va m'égorger, mais contre toute attente, il éclate de rire.

Un rire énorme.

Tonitruant.

— « Péteux mal embouché » ? articule-t-il entre deux éclats. C'est la première fois qu'on me la sort, celle-là !

Je ne comprends pas la cause de son hilarité et

reste bêtement à le regarder se plier en deux de rire. Est-il tout bonnement fou ?

Peu à peu, il se calme et reprend son sérieux.

— Est-ce que vous avez pensé à vous nourrir ?

Je regarde l'horloge : 13 heures. Je n'ai pas vu le temps passer et j'ai faim, c'est vrai.

— Non, je dois dire que j'ai oublié.

— Venez, je vais vous aider. Je connais la cuisine comme ma poche. Je vais nous préparer quelque chose.

« Nous » ? Que s'est-il passé, en l'espace d'une minute ? Je n'y comprends rien. De médecin acariâtre, il s'est transformé en hyène hystérique, pour finalement me proposer un repas en tête à tête ? Il me méprise, rit absurdement, puis me fait à manger ?

Je dois avoir affaire à un schizophrène. Je vais finir mes jours tristement, immortalisée dans la rubrique des faits divers.

Une jeune femme se fait égorger par un chirurgien psychopathe, alors qu'elle participait à une émission de téléréalité.

Abasourdie et un peu inquiète, mais n'osant freiner sa détermination, je le laisse me guider vers la table de la cuisine. Il s'agite, ouvre le frigo, les tiroirs, sort les poêles. Il semble connaître la maison par cœur, en effet.

— Heu... Ça fait longtemps que vous connaissez Romuald ?

— Des années ! Nous sommes voisins et partageons la même passion pour l'équitation. Nous montons ensemble dès que j'ai un peu de temps libre.

— Et vous êtes chirurgien ?

— Oui, urgentiste. J'adore ça. Mais on y consacre sa vie, la nuit, la journée... C'est un job à temps plein.

Romuald m'a un peu parlé de vous. Vous dessinez des colliers pour chiens, c'est ça ?

— Oui. J'ai monté ma boîte il y a un an avec ma meilleure amie. J'ai fait les Beaux-Arts, mais je voulais travailler de manière ludique. Un soir, j'ai eu cette idée de projet et j'ai foncé.

Mais qu'est-ce qui me prend de lui raconter ma vie ? Il y a dix minutes encore, je l'insultais...

— C'est une bonne idée. Vous avez beaucoup de clients ?

— Ça commence à bien marcher... Mais nous avons encore besoin de promo.

— D'où votre participation à *L'Amour au vert* ? demande-t-il d'un air soupçonneux.

Et voilà. C'est reparti. Ce type ne peut donc pas être agréable plus de cinq minutes ?

— Non. Ça n'a rien à voir.

Il se tourne vers moi, levant un sourcil sceptique. Impossible de mentir face à son regard perspicace.

— Bon... Un peu, si... mais pas seulement... C'est compliqué.

Avant que je m'en rende vraiment compte, me voilà partie. L'appel de ma mère, ma fureur, mes hésitations, le portrait séduisant de Romuald... Je lui raconte tout. Décidément, c'est la matinée des confessions !

Il m'écoute attentivement tout en dressant la table, posant de temps en temps ses surprenants yeux verts sur moi.

Lorsque je termine, haletante, une superbe salade composée, légère et colorée, m'attend dans mon assiette.

Il s'assied face à moi et commence à manger.

— Et vous faites tout le temps ce qu'on vous dit de faire ?

— Apparemment. Mais je sais aussi me rebeller !

— J'en ai eu un aperçu, oui ! Donc, Romuald vous plaît ?

— Bien sûr ! Il est attentionné et a l'air profondément gentil.

Je n'ose faire mention de son torse viril, de ses bras gonflés à la testostérone, de sa bouche ultra-pulpeuse...

— Je suis heureux pour lui de constater qu'au moins l'une d'entre vous est sincère. Votre concurrente a l'air plus... superficielle.

— Et infecte !

— Ça ne m'étonne pas.

— Mais je n'ai pas envie de parler d'elle. Vous me disiez que vous êtes urgentiste et que ça vous prend tout votre temps. Ce n'est pas trop pesant, parfois ?

— Ça a beaucoup pesé à mon ex-femme, qui est partie un beau matin avec son très disponible prof de yoga.

La gaffe !

— Non, non, ajoute-t-il en notant mon air gêné. Nous sommes en très bons termes. Nous étions plus amis qu'amants, je suppose. Et vous ? Quelqu'un de sérieux, avant Romuald ?

— Non. Rien de transcendant. Des aventures sans lendemain... Je...

Des bips répétés se font entendre. Charles s'empare d'un petit appareil dans sa poche et l'éteint.

— Le devoir m'appelle. Je vous laisse finir seule, désolé, dit-il en se levant précipitamment.

Il est déjà à la porte. Je n'ai pas le temps de le saluer. En une minute, il est parti. C'est Flash Gordon, cet homme-là !

Je me trouve bête, seule devant mon assiette à

peine entamée, mais finis joyeusement, réconfortée par cette conversation et ma matinée avec Lino. Après tout, ce séjour pourra peut-être, en plus d'une histoire d'amour ébouriffante, m'apporter deux belles amitiés...

4. OÙ L'ON FAIT LA CONNAISSANCE DE JOHNNY FARWEST ET BIEN PLUS ENCORE...

Je suis un caramel mou, une huître sur son rocher... C'est l'extase : j'ai découvert les transats du jardin. Je suis avachie depuis deux heures, en compagnie d'un roman de ce vieux Victor Hugo, quand la voix haut perchée de Jenny-la-veine se fait entendre. Je me redresse péniblement et la vois s'approcher, surexcitée, pendue au bras de Romuald. Elle sautille littéralement.

— Salut, Anna ! Nous sommes de retour ! Excuse-nous pour le retard, dit Romuald en se détachant d'elle. Alors, ta journée ?

Mais Jenny ne me laisse pas le temps d'en placer une.

— Nous, c'était extra, génial ! Nous avons passé un moment fabuleux ! Nous étions tellement bien tous les deux... Romuald m'a tout fait visiter : c'est un guide absolument charmant, hein, chouchou ?

« Chouchou » ?

Comment a-t-elle réussi à lui refiler un surnom pareil en un seul après-midi ?

Romuald blêmit, ce que je trouve particulièrement rassurant.

— J'espère que nous remettrons vite ça ! Nous

sommes tellement sur la même longueur d'onde tous les deux... C'en est affolant ! ajoute-t-elle en me lançant un regard appuyé.

J'ai bien envie de la renvoyer dans les cordes à coups de « casse-toi de mon soleil et marche à l'ombre », mais décide plutôt de conserver mon attitude grande dame du monde.

— Je suis ravie pour vous, Jenny.

Je fais passer ça avec un sourire radieux et esquisse même un geste désinvolte.

— Romuald, j'ai eu de la visite, aujourd'hui !

Je crois percevoir un éclair d'inquiétude dans ses yeux, mais c'est tellement éphémère que ça me semble finalement peu plausible.

— Ton stagiaire, Lino, est venu. Il voulait te voir. Je l'ai aidé avec son rapport. Charles est également passé changer mon bandage et il a fini par manger avec moi.

— Charles ? Tant mieux, je suis content que tu ne sois pas restée seule. Mais tu n'aurais pas dû mâcher le travail à Lino : ce gosse est charmant, mais il a un poil dans la main. Il faudrait qu'il apprenne à se débrouiller seul.

Il tend la main, m'aide à me relever, puis se tourne vers Jenny.

— Si ça ne te gêne pas, nous allons faire un tour, avec Anna. Elle n'a pas encore visité le domaine et nous n'avons pas eu de tête-à-tête. Je tiens à ce que vous soyez traitées toutes les deux avec la même attention.

Alerte veine ! Alerte veine !

Jenny est furieuse. Elle plisse les yeux comme un samouraï. Serre les poings. Crache presque... puis semble se ressaisir, consciente du regard de son hôte sur elle. Elle nous offre alors un sourire à mi-chemin entre la grimace douloureuse et le rictus de Freddy Krueger.

C'est tordant !

— Comme vous voudrez, dit-elle finalement, faisant claquer rageusement ses talons en s'éloignant.

Je jubile. L'heure du tête-à-tête est enfin arrivée ! Je suis un peu nerveuse, à cause du goût d'oignon que je garde en bouche depuis midi, mais décide de voir la vie en rose : tout se passera pour le mieux. Il n'y a pas de raisons.

C'est sans compter sur ma légendaire malchance...

Dix minutes plus tard, soutenue par Romuald et suivie des deux cameramen, me voilà devant les écuries.

J'ai pourtant prié intérieurement pour qu'il ne m'y emmène pas... Le problème se résume en deux mots : les chevaux. Leurs gros naseaux, leurs dents monstrueuses, leur crinière affreusement rêche : tout me hérisse chez eux. À l'idée que le bâtiment en contient au moins cinq, je défaille.

Romuald entre et les cameramen lui emboîtent le pas. Courage, courage : je ne vais pas me laisser abattre. Tout le monde a l'air d'apprécier les canassons, ici, et moi, pas question que je me donne en spectacle encore une fois.

Je les suis, tremblante, et pénètre dans l'antre du cauchemar. J'esquisse un sourire crispé et m'écrie :

— C'est merveilleux, Romuald ! J'adoooore les chevaux ! Je n'ai malheureusement jamais pu pratiquer l'équitation étant jeune, car je me suis consacrée au violon, au piano et au banjo, mais j'aurais tellement aimé monter ! Sentir le vent contre sa peau sur un cheval au galop, quel bonheur ce doit être !

Mais qu'est-ce que je raconte ? Je n'ai jamais

touché un instrument de musique de ma vie, à part une trompette en plastique quand j'avais 5 ans. Ce doit être un effet de l'angoisse...

— Qu'à cela ne tienne ! Ton rêve va se réaliser ! Tu vas faire un petit tour sur Star Brune.

Avant que j'aie le temps de m'interroger sur les raisons pour lesquelles les propriétaires de chevaux donnent à leurs protégés des noms d'actrices porno, il m'entraîne vers un monstre noir aux naseaux frémissants. Mon sang ne fait qu'un tour et ma respiration s'accélère : je m'accroche au bras de Romuald, luttant pour ne pas fuir en courant.

— Je te présente ma jument préférée. C'est la douceur même.

Douceur, douceur, comme il y va... Avec ses grosses babines qui font des bruits étranges, j'ai déjà vu plus tendre... Elle me regarde d'un drôle d'air. Je suis sûre qu'elle sent que je la déteste. Son dos frémit bizarrement : elle est flippante.

— Je ne pense pas que ce soit le moment, Romuald. Avec ma cheville, ce n'est pas conseillé, tu sais !

— Mais tu as dit que tu allais mieux ! Et je la tiendrai, tu iras au pas.

— Oui, mais... Regarde-la mâcher son foin tranquillement : tu aimerais qu'on te dérange, toi, quand tu manges des épinards ? Ça me peine de l'interrompre pendant son repas...

— Les chevaux mangent tout le temps !

— Et puis, elle n'est pas sellée. Les chevaux doivent être sellés pour qu'on les monte, non ?

— Pas celle-là. C'est une mémère ! Tu monteras à cru, je serai là.

Je suis à court d'arguments et transpire à grosses gouttes. La jument me fixe toujours de son œil noir et j'ai l'impression que Satan vit en elle. Je suis certaine que dès que je serai perchée sur son dos elle partira au galop pour finalement me jeter au sol et me piétiner sans vergogne.

Romuald me prend la main, la serre, et me pousse vers elle.

— Tiens, donne-lui un sucre !

Un sucre ? Mais il est fou ! Elle va me dévorer les doigts, avec sa grosse gueule fumante !

— Allez ! Mets le sucre dans ta paume et fonce !

C'est ignoble : le chatouillement de ses poils de barbe me soulève le cœur. Je vais mourir.

Je vais décéder, là, dans une écurie.

Cherchant une échappatoire, n'importe laquelle, j'aperçois soudain en face de moi un cheval beaucoup plus petit et rassurant.

— Si ça ne te dérange pas, je préférerais celui-là !

— Anna… c'est un… poney !

— Oui, mais j'aime les poneys. Les poneys me plaisent. J'ai toujours voulu faire du poney ! Le poney, c'est bien pour moi ! Et puis lui, il est déjà sellé, c'est parfait !

Ma voix devient légèrement hystérique.

J'ai conscience que les caméras filment, mais tant pis, je m'en contrefiche. Il est hors de question que je monte le Monstre.

— Bon, si tu veux, glousse Romuald. Allons-y ! Je te présente Johnny Farwest.

Johnny Farwest mâchonne dans le vide, l'air très très cool. Je pense que je vais réussir à l'approcher.

Oui ! Me voilà toute proche. Je ne tremble même pas !

Je le touche !

Romuald m'aide à me hisser sur lui, mais au moment où mon pied touche l'étrier, je fais un faux mouvement et plaque — bien involontairement — mes fesses sur son visage. Je me débats doucement pour ne pas effrayer l'animal et réussis à dégager mon postérieur avant que mon hôte sente ma cellulite.

La honte !

Lui, galant, fait comme si rien ne s'était passé.

Je n'ai pas le temps de ruminer, cependant : je suis sur Johnny Farwest !

J'ai réussi ! Je n'en mène pas large, mais m'autocongratule tout de même pour avoir vaincu ma peur. Romuald guide le poney dans le manège et on tourne, on tourne, on tourne.

Au bout de dix minutes, je suis complètement à l'aise. Je nous imagine, Johnny Farwest et moi, parcourant des étendues sauvages, dormant à la belle étoile, nous éloignant dans le soleil couchant...

Une grande histoire d'amitié équestre vient de naître, c'est merveilleux !

Lorsque le tour est fini, que j'ai fait des adieux émus à Jo (c'est ainsi que je le nomme désormais), Romuald m'entraîne dans les bâtiments dédiés à la préparation des vins et m'explique très pédagogiquement comment tout ça fonctionne. C'est très intéressant, mais ce qui me fascine plus encore, ce sont ses lèvres ourlées et ses mains puissantes... Je bois ses paroles et soupire d'aise à chacune de ses tirades.

Nous terminons la visite par un petit verger en bout du domaine et nous asseyons sur un banc ombragé. C'est un peu étrange, cette intimité sous caméras, mais je m'efforce de les oublier.

— Anna, je voulais te dire que je suis très heureux que tu sois là. Tu apportes de la gaieté dans la maison. Tu me fais rire.

Je le fais « rire » ? Le clown de service, quoi... Enfin, je ne peux pas lui en vouloir.

— Avoue que tu as peur des chevaux !

— Non ! J'adore les chevaux ! Je vis pour les chevaux ! Je le jure ! Je milite régulièrement contre le steak de cheval, d'ailleurs !

Mon Dieu, que ça sonne faux... Autant dire la vérité.

— D'accord, oui, j'en ai peur... Mais je t'assure que Johnny Farwest m'a réconciliée avec l'espèce !

C'est définitif : je suis pathétique.

— Rassure-toi, je trouve ça charmant.

— Tu es toujours aussi gentil ?

— Oh non... Je peux m'emporter aussi, tu sais ! Contre ma mère, par exemple. Elle souhaite me voir marié depuis un bail. Mes parents habitent juste à côté, je les vois souvent. Elle me met une pression folle pour que je rencontre quelqu'un, que je fonde une famille. Dans le coin, je passe pour le célibataire de l'année... Récemment, elle m'a même dit que je serais la honte de la famille si je ne trouvais pas chaussure à mon pied.

— Je connais bien cette rengaine. Tu n'as vraiment jamais rencontré quelqu'un qui te plaisait assez pour envisager du long terme ?

Il hésite, puis :

— Non... Personne, malheureusement.

J'acquiesce doucement.

— COUPEZ !

Jason Staton s'approche, nerveux comme à son habitude. Je ne l'avais pas vu arriver, celui-là ! Il pose ses yeux froids sur nous et me salue d'un hochement de tête.

— Romuald, merci. Nous avons fait le plein d'images pour aujourd'hui. Quant à vous, Anna, on vous a peu filmée, mais là, nous avons ce qu'il nous faut. Je vous laisse un peu d'intimité.

Je me demande ce qu'il fichait avec Jenny, hier soir... Mais Romuald m'effleure la main et j'oublie tout.

Une fois que Staton s'est éloigné, il reprend :

— Où en étions-nous ?

— Tu me disais qu'aucune fille n'avait jamais trouvé grâce à tes yeux.

Allez, j'ose...

— D'ailleurs, je ne veux pas être indiscrète, mais je me demande bien pourquoi tu m'as fait venir : quand je me compare à Jenny...

— Tu n'as pas à le faire. Vous êtes très différentes et tu as autant d'atouts qu'elle, crois-moi ! Tu es simple, à l'écoute.

— Simple, à l'écoute...

Je me rends compte que je répète ses mots stupidement, comme hypnotisée. Il faut que je me ressaisisse.

— Heu, oui, je veux dire... Oui, ce sont des qualités que j'essaye d'avoir !

— Tu me fais penser à Charles. C'est un de mes meilleurs amis. Tu as dû t'en rendre compte aujourd'hui : au premier abord, il peut être assez antipathique, mais c'est vraiment un type bien, sans prise de tête, généreux, un peu comme toi !

— Oui, il a été très prévenant !

— Il ne pensait pas que c'était une bonne idée que je participe à cette émission, au départ.

— Pourquoi ?

— Il m'a dit que je n'avais pas besoin de ça.

— Pourquoi l'as-tu fait, alors ?

Il réfléchit un moment. Un voile de tristesse couvre fugacement son visage. Puis il sourit.

— J'étais curieux, ça m'amusait. Ma mère me harcelant pour que je trouve quelqu'un, je me suis dit que ce serait une bonne occasion de la faire taire un moment. Et quand j'ai découvert vos portraits, je me suis vraiment pris au jeu, j'ai eu envie de vous rencontrer. Et...

— Et quoi ?

— Non, rien.

— Si ! Dis-moi…

— Je dois t'avouer que l'entreprise tourne moins bien en ce moment avec la concurrence des vins australiens, italiens… J'ai pensé que ça me ferait de la pub. Pas très honnête, hein ?

J'éclate de rire.

— Pour tout te dire, j'ai pensé exactement la même chose !

Il me regarde en gloussant. Prise d'une folle inspiration, je m'approche de lui… M'approche encore… Et encore… Mes lèvres touchent presque les siennes…

Sonnerie de téléphone…

CROTTE DE CROTTE !

Romuald baisse brusquement la tête et je me retrouve à lui embrasser le front. Il attrape son portable dans sa poche, se lève, bredouille une excuse et répond. Je reste plantée sur mon banc, pestant contre la technologie moderne. J'étais à deux doigts de l'avoir !

Lorsqu'il revient, il a l'air particulièrement nerveux. Son visage est fermé.

— Anna, je pense qu'il est temps de rentrer. Jenny doit nous attendre, il est déjà 19 heures.

Je me lève et le suis. Le retour se fait dans un silence tendu.

Est-ce ma lamentable tentative de baiser qui l'a mis dans cet état ? Pourtant, j'étais sûre qu'on était deux à le vouloir (même si je fermais les yeux). Ou alors… Soudain, je repense à mon haleine à l'oignon : et si ça l'avait dégoûté ? Non, c'est tout de même discret…

Ce doit être cet appel.

Encore un appel.

Décidément, c'est louche. J'ai une folle envie de lui arracher le téléphone des mains et d'y jeter un coup d'œil, mais m'abstiens : il n'a pas l'air d'humeur. Ne sachant que dire ni que faire, je marche à ses côtés pensivement. Finalement, je ne m'étais pas monté la tête : Romuald cache bien quelque chose.

Lorsque nous rentrons, il s'éclipse immédiatement pour prendre sa douche. Je me retrouve donc seule avec Jenny dans le salon.

— Je suppose que Romuald est parti se doucher, histoire de se réveiller. Un tête-à-tête avec toi doit être d'un ennui...

Elle attaque directement. Même pas un préliminaire !

— Ou peut-être qu'il est parti se doucher pour se soustraire à tes griffes ?

Vlan !

Elle s'approche de moi à toute vitesse — c'est devenu une habitude — et je m'attends au pire, quand Lino apparaît.

Mon sauveur !

— Salut, les filles ! Je me suis permis d'entrer, la porte était ouverte ! Ça roule ? dit-il avec un grand sourire, jetant un œil gourmand sur la poitrine de mon ennemie jurée.

Grand blanc.

La tension est palpable.

— C'est qui, ce morveux ? siffle Jenny avec un air de dégoût.

Lino fronce les sourcils, outré.

— Le morveux, il a un nom : il s'appelle Lino. Et toi, tu dois être celle qui fait chier Anna ?

Génial ! Ce gosse est tout simplement génial.

— Salut, Lino, dis-je, triomphante. Tu es venu récupérer ton rapport ? Je l'ai entièrement corrigé :

tu as du boulot pour tout recopier, je te le dis ! Il faut vraiment que tu bosses ton orthographe !

— Merci, ma poule, répond-il en m'entourant les épaules de son bras.

Nous nous tournons vers Jenny. Elle ne sait manifestement pas quoi faire face à notre front uni. Je la défie du regard et, miracle, elle ne trouve rien à dire et quitte le salon.

— Yeahhh, t'as vu comme il faut la moucher ! Un morveux ? Non, mais attends, j'ai quand même 16 ans ! Je suis plus puceau, merde ! Anna, je te jure que cette nana ne vaut rien par rapport à toi ! Bon, je ne reste pas plus... Ma mère m'attend dans la voiture. Merci encore pour le rapport !

Il me plante une bise rapide sur la joue et repart.

J'ai déjà dit que je l'aime, ce gosse ?

Quand Romuald nous rejoint, il a de nouveau l'air serein. Regonflée à bloc, je décide d'épater la galerie et propose de préparer le repas moi-même, me sentant l'esprit culinaire.

— Quand vous goûterez mes fameuses bolognaises, vous ne voudrez plus manger que ça !

Je crois entendre Jenny marmonner « dans tes rêves », mais ne relève pas. Elle est jalouse, c'est tout. Romuald, quant à lui, a l'air enchanté.

Dans la demi-heure qui suit, je me démène en cuisine comme une gogo danseuse en boîte de nuit. Mais le résultat est à la hauteur : ça sent bon, les pâtes sont *al dente*, la sauce parfaite.

Alors que je mets la touche finale à mon plat, Jenny vient se la jouer inspecteur des travaux finis.

— Je peux goûter ?

J'acquiesce, surprise, mais la laisse faire, profitant de l'occasion pour aller me resservir un verre de vin et rejoindre Romuald.

— Je voulais te dire que j'ai beaucoup aimé notre tête-à-tête, tout à l'heure.

— Moi aussi, c'était très agréable...

Enfin, ça l'aurait été encore plus si nous avions conclu...

— Bon, on passe à table ? demande Jenny en nous rejoignant, l'air impatient.

— J'ai hâte de goûter, dit-il, gourmand.

Nous nous attablons et je sers tout le monde, fière comme un coq. Ça va être un festin ! Même Jenny sera obligée d'admettre que je suis douée et Romuald va instantanément tomber amoureux de moi. Plus tard, lorsqu'il me présentera à ses parents, il leur racontera que ce sont mes pâtes à l'italienne qui l'ont séduit. Toute la famille les goûtera et sera sous le charme. Je ferai breveter ma recette comme plat aphrodisiaque et les sex-shops du monde entier se l'arracheront. Ce sera la gloire.

Lorsque Romuald goûte, au lieu de trembler de félicité, il devient livide. Puis s'étouffe. J'ai l'impression qu'il va quitter notre monde. Je lui tape dans le dos. Il tente de déglutir, échoue, blêmit. Jenny piaille de terreur.

Je m'empare du téléphone posé sur le comptoir, prête à appeler les urgences, mais au moment où je compose le numéro, Romuald réussit enfin à tout recracher dans son assiette.

— Excuse-moi... Anna, réussit-il à articuler. Mais c'est... immangeable.

Immangeable ? Il exagère !

Je goûte une petite quantité et, horrifiée, recrache tout. Il a raison : c'est infect ! C'est tellement salé qu'une bouchée vous déshydrate à vie. Comment est-ce possible ? J'avais pourtant tout dosé à la perfection !

Jenny ricane.

Jenny...

Évidemment.

C'est elle ! Elle m'a fait croire qu'elle voulait goûter mon plat et en a profité pour le saccager. Garce, garce, garce ! J'ai une envie folle de lui lancer un coup de pied sous la table ou mieux, de lui faire manger le plat entier par les trous de nez.

— C'est toi ! dis-je en la montrant du doigt.

Romuald intervient, visiblement choqué.

— Voyons, Anna, tu ne peux pas accuser Jenny comme ça. Et puis, ce n'est pas bien grave ! Tu sais, on ne peut pas tous être doués en cuisine !

— Non, Anna, ce n'est pas bien grave, répète mielleusement Jenny. Romuald a raison, on ne peut pas être forte dans tous les domaines... Je vous prépare un petit quelque chose pour rattraper ? Des sushis ? Des gambas poêlées à l'armoricaine ?

Reconnaissant, Romuald accepte avant que je puisse me justifier.

J'ai envie de la gifler, mais me retiens courageusement.

Son heure viendra...

Plus tard, dans ma chambre, je me repasse le film de la soirée : Jenny n'a cessé de pérorer et Romuald de la complimenter pour sa cuisine. C'était tout bonnement horripilant.

Ça fait bientôt une heure que nous sommes montés nous coucher, mais je ne compte pas dormir.

J'ai une mission à accomplir.

Ce soir, je me transforme en l'agent 007. J'ai particulièrement soigné mon style : jogging noir discret et baskets légères. J'aurais voulu enfiler une cagoule pour jouer mon rôle à la perfection, mais je n'ai pas cet accessoire dans mes valises.

J'attends, morte d'ennui, puis, soudain, j'entends des pas discrets dans le couloir. Aucun doute, c'est Jenny. Ma patience a payé.

Je laisse passer dix minutes et ouvre tout doucement la porte de ma chambre. Après avoir vérifié que je suis seule, je descends prudemment dans le noir, priant pour ne pas trébucher. J'ouvre discrètement la porte d'entrée et me faufile dans la nuit, jusqu'à la caravane de Staton.

Il caille : j'aurais dû mettre un sweat...

Je suis persuadée que Jenny est à l'intérieur. Heureusement pour moi, les fenêtres sont entrouvertes. Je m'appuie contre le van et tends l'oreille.

Oui ! C'est elle ! Elle est bien là ! Je reconnais sa voix de crécelle.

— Arrête, Jasounet... Arrête !

Elle glousse ! Je n'en reviens pas !

— J'arrête, si tu me dis la vérité ! Avoue qu'il te plaît.

« Il » ? Romuald ?

— Je n'ai rien à avouer, piaille Jenny. Arrête de me chatouiller l'orteil, je t'en supplie !

— D'accord, j'arrête, reprend Staton, sérieux cette fois. Mais je veux que tu me dises la vérité. Je ne plaisante pas. Il te plaît ?

— Arrête...

Je gèle littéralement et tremble de tous mes membres, mais ça vaut le coup. Qu'est-ce qu'elle peut bien fricoter avec Staton ? Ils partagent une certaine intimité, c'est certain. On ne chatouille pas le pied d'une simple connaissance.

— Tu sais bien pourquoi je le fais ! répond-elle d'un ton plus grave.

— Oui, mais...

Mon cerveau fonctionne à mille à l'heure. Ça s'agite

autant qu'un pro de hula-hoop, là-dedans. Pourquoi Staton demande-t-il à Jenny si Romuald lui plaît ? Serait-il jaloux ? Bien évidemment qu'il lui plaît, sinon, elle ne serait pas aussi hystérique quand je l'approche. Est-ce que Jenny et Staton sont ensemble ? Elle l'appelle « Jasounet ». En même temps, elle a bien réussi à donner un surnom ridicule à Romuald.

Je suis en pleine réflexion, quand je sens quelque chose de visqueux le long de ma cheville. Surprise, je soulève mon jogging et...

— AHHHHHH !

Je ne peux retenir un cri de dégoût.

Un serpent ! Horreur ! Abomination !

Alors que je secoue ma jambe frénétiquement, j'entends un bruit de chaises dans la caravane. Ils m'ont entendue.

Non, non, non !

Que faire ?

Que faire ?

À la vitesse de l'éclair, je me jette sous le véhicule, priant pour que le serpent ait volé très loin et très haut.

— Qu'est-ce que c'était ?

— On aurait dit un cri...

— Tu crois que quelqu'un nous espionne ?

— Non, impossible, j'ai été plus que discrète.

De là où je suis, je peux voir deux paires de pieds piétiner. Jenny et Staton scrutent la nuit un moment, puis entrent dans la caravane.

Ouf !

Je décide d'attendre un peu avant de ressortir de ma cachette. Le sol est humide : je sens l'eau et la boue pénétrer mes vêtements. C'est l'horreur. J'ai la hantise que le serpent me retrouve pour se venger, mais je serre les dents et patiente, prudente.

Un quart d'heure plus tard, je prends mon courage

à deux mains et rampe en direction de la maison, tel un Sioux sur le sentier de la guerre.

Je suis à mi-chemin, quand j'entends la porte du van s'ouvrir.

Oh non... Ce n'est pas possible d'avoir aussi peu de chance !

Je me relève, fais volte-face et me précipite dans la direction opposée, slalomant entre les caravanes.

Je cours à en perdre haleine et, sans même m'en rendre compte, me retrouve à la sortie du domaine. Heureusement que Hulk ne fait pas de rondes de nuit : il m'aurait peut-être tiré dessus sans sommation.

Complètement affolée, j'exécute quelques respirations de karma yoga. Il faut à tout prix que je me détende.

Un. Deux. Inspiration. Expiration.

Visualisation d'une montagne sereine.

Clapotement de vagues au coucher du soleil.

Je reprends enfin mes esprits : que ferait James Bond dans une telle situation ? Il réfléchirait à un plan B, bien sûr !

Je vais rester là un moment, puis je regagnerai la maison discrètement. Voilà mon plan B. C'est sans aucun risque. Personne ne me verra.

Je suis plantée là, sur le bord de la route, quand brusquement, des phares m'aveuglent. Je n'ai pas le temps de me cacher.

Une voiture s'arrête juste devant moi et la vitre s'abaisse.

— Anna ? Qu'est-ce que vous faites ici, en pleine nuit ?

Charles.

C'est Charles qui se trouve face à moi, l'air à la fois éberlué et soupçonneux.

Oh ! oh... Les ennuis commencent...

5. OÙ UNE HISTOIRE À DORMIR DEBOUT A DE FÂCHEUSES CONSÉQUENCES...

Charles...

Charles...

Mais COMMENT peut-il se trouver ici, PILE au même moment que moi ? Je suis maudite des dieux, c'est évident. Si je m'en sors, je le promets, j'irai confesser tous mes péchés et allumer au moins vingt-quatre cierges à l'église.

M'appuyant nonchalamment sur le portail d'entrée, je fais mine d'observer les étoiles et lance avec un air que j'espère totalement naturel :

— Salut ! Belle nuit pour une balade, non ? Le ciel est dégagé, on voit bien les constellations !

Pitié, qu'il ne m'interroge pas dessus... Excepté quelques vagues réminiscences de mon manuel de sciences naturelles niveau CM1 (Grande Ourse = casserole), je ne connais strictement rien au sujet.

Il fronce les sourcils et, sans un mot, attend que j'enchaîne.

Ouf, il a gobé mon baratin.

— Je n'arrivais pas à dormir, alors je me suis dit qu'une promenade nocturne me ferait le plus grand bien. L'air pur, l'exercice doux : rien de mieux pour tomber dans les bras de Morphée !

— Une promenade nocturne ? En T-shirt ? Par 12 degrés ?

Je savais bien que j'aurais dû mettre un pull.

Je m'évente et m'éponge le front avec le bas de mon top.

— Oui, j'ai chaud, si vous saviez ! Si je m'écoutais, je me mettrais en maillot ! Vous n'avez pas chaud, vous, couvert comme vous l'êtes ?

Il lève les yeux au ciel. Je sens que je m'enfonce. Que j'en fais un peu trop... J'aurais dû éviter la fausse sueur.

— Pourquoi es-tu trempée et pleine de boue ?

C'est un interrogatoire de police ou quoi ? Et il me tutoie, maintenant ? Bon, d'accord... Va pour le tutoiement...

— J'ai trébuché. Tu comprends, je ne voyais pas grand-chose dans le noir.

— Tu as trébuché ? Avec ta cheville ? Tu veux absolument finir aux urgences ou quoi ? Ce n'est pas possible ! Monte immédiatement dans la voiture.

— Non, non, ce n'est pas la peine, je m'apprêtais à rentrer, de toute façon...

— Monte dans la voiture !

Me revoilà dans la peau d'un caniche. J'obtempère et m'installe sur le siège passager. Peut-être que ma fausse chute lui a fait oublier ma présence dehors à cette heure suspecte.

— Et toi ? Tu rentres bien tardivement ! dis-je pour changer de sujet.

— Garde de nuit. Deux opérations, cinq urgences. Allez, soulève ton pantalon que je regarde !

— Je ne sens plus rien, tu sais. Si je le voulais, je pourrais faire du jogging... ou du saut en longueur...

Oui, du saut en hauteur... Qu'est-ce que j'aurais aimé être athlète, pas toi ?

— Arrête. Montre.

Il allume le plafonnier et je pose ma jambe sur ses cuisses tout en l'observant. Ses cernes se sont encore creusés, si une telle chose est possible, mais en toute objectivité, il n'est pas mal du tout sans son air revêche. Il tâte ma cheville, la tourne dans tous les sens et hoche la tête, satisfait.

— Rien. C'est bon. À l'avenir, évite de te promener en pleine nuit avec une foulure, s'il te plaît.

Lorsqu'il me regarde, ses yeux sont las. Sa bouche est marquée d'un pli amer.

— Tu... Tu vas bien ? Tu as l'air contrarié.

— Hum, un cas au boulot. Un homme de 30 ans en attente d'une greffe qui ne vient pas. Ça fait des années que je le suis et je commence à ne plus trouver les mots pour qu'il garde espoir. La plupart du temps, je suis complètement détaché des patients. Mais parfois, tout ça me submerge. Tu es tombée sur une de ces fois.

Je reste silencieuse, ne sachant que dire pour le réconforter, puis finalement commente :

— Comme dans *Grey's Anatomy*, saison une, vingtième épisode.

C'est tout ce que j'ai trouvé à dire ?

Parfois, je me déteste.

Vraiment.

— Comme dans quoi ?

— *Grey's Anatomy*, tu sais, une série à la télé !

— *Grey's Anatomy* ?

Son air ignorant ne me dit rien qui vaille : cet homme a-t-il des distractions dans la vie ?

— Mais oui ! C'est l'histoire d'une jeune femme qui fait son internat et, bien sûr, elle rencontre un chirurgien vraiment canon : le Dr Mamour. Ils vivent plein de trucs et...

— Le Dr Mamour ?

Prononcé ainsi, ça sonne ridicule, forcément.

— Je vois le genre, ajoute-t-il, l'air peu convaincu.

Manifestement, je ne lui apporte aucun réconfort. Je suis nulle à cet exercice. Au lieu de lui donner une tape amicale ou, mieux, lui sortir un couplet convaincant sur la vie, la mort, la mort et la vie, je lui balance l'histoire de Meredith Grey. Je suis pathétique. Au moins, j'ai réussi à le faire passer de la tristesse à la perplexité. C'est déjà ça !

La pluie commence à tomber et les essuie-glaces se mettent en route.

— Tu as remarqué que c'est drôlement hypnotique, ces trucs-là ?

— Jamais, puisque quand ils fonctionnent, je conduis. Je suis donc concentré.

— Moi aussi, mais regarde... Suis-les attentivement.

Pfuit, pfuit, pfuit, pfuit. La combinaison du chauffage et de la mollesse du cuir me donne envie de roupiller... Hum, je suis bien...

— Moui, il faut vraiment le chercher, le côté hypnotique des essuie-glaces ! Moi, ce qui me détend, c'est le rooibos. Tu connais ?

— Si je connais ? J'adore ça ! Je me fais au moins trente infusions par jour !

— Ah oui ? Pourtant, peu de personnes en boivent.

— J'ai l'impression d'être une toxico en manque chez Romuald ! C'est l'horreur ! Je tuerais pour en avoir.

— Tu veux que je t'en prépare un ? Ensuite, je te ramè...

Il s'arrête net au milieu de sa phrase, gêné. Il a dû lire mon expression interloquée. C'est quand même un peu étrange d'aller boire du thé africain en pleine nuit chez le voisin de Romuald, non ?

En même temps, ma phrase sonnait un peu comme une proposition.

Et puis, j'en ai tellement envie ! Ce petit goût caramélisé... Cette note sucrée... Allez ! Après tout, personne ne s'en rendra compte ! Ce sera notre petit secret !

— Volontiers !

— Tu n'es pas obligée, tu sais. J'ai proposé ça sans réfléchir. Je ne me suis pas rendu compte qu'il était si tard. J'ai tendance à être complètement déphasé avec ces gardes.

— Si, si, j'en ai très envie. Mais tu me raccompagneras, ensuite. J'ai peur, dans le noir !

— Tiens donc ! Moi qui croyais que tu adorais les balades nocturnes ?

Il se met à rire et une toile de petites ridules se forme au coin de ses yeux.

Un peu plus loin, la voiture bifurque sur une petite allée, bien modeste comparée à l'entrée de chez Romuald. Une charmante maison un peu cabossée trône au milieu d'un minuscule jardin qui a l'air assez soigné.

— Ce n'est pas le palace dans lequel tu résides actuellement, mais c'est mon coin à moi ! dit-il en ouvrant la portière.

Un chat vient immédiatement se frotter contre mes jambes.

— C'est Mistigrou. Il ne m'appartient pas, mais traîne toujours ici. Viens, entre !

Lorsque je pénètre chez lui, je me sens immédiatement à l'aise : c'est doux, confortable. Bon, OK, il n'a pas l'air d'être un maniaque de la propreté. Une chaussette sale traîne dans l'entrée et une assiette contenant des restes difficiles à identifier est posée sur une étagère, mais ça n'entache en rien le charme de son intérieur.

Il m'entraîne dans la cuisine et met de l'eau à bouillir.

— Alors, dit-il en se tournant vers moi, qu'est-ce que tu faisais réellement dehors, à une heure pareille ?

— Je pensais que tu m'avais invitée pour boire un thé, pas pour me faire passer au gril des aveux !

— Simple curiosité ! Mais... Tu trembles !

Il sort de la cuisine, revient et me lance un pull.

— Tiens ! Mets ça, sinon on va encore m'appeler pour te soigner demain et franchement, je pense que j'ai largement fait mon devoir !

J'ignore s'il est sérieux ou s'il plaisante. Dans le doute, je ne relève pas, me contente d'observer les lieux et passe dans le salon.

Cinq minutes plus tard, nous voilà installés sur le canapé, un bol fumant dans les mains.

Quand je bois la première gorgée du breuvage tant attendu, je suis au septième ciel. Mes orteils valsent de joie : ça m'a tellement manqué ! J'adresse un sourire ravi à Charles, mais soudain, des pas précipités se font entendre à l'autre bout de la maison.

— T'es làààààààà !

Un enfant de 4 ou 5 ans déboule, complètement surexcité. Il se catapulte dans la pièce avec un mouvement de ninja très réussi et se jette dans les bras de Charles en le couvrant de baisers. Ce dernier subit l'assaut avec affection, puis repose le petit, se tournant vers moi.

— Je te présente Eliott.

Eliott ?

Charles a donc un enfant ?

Un enfant qu'il abandonne pendant ses nuits de garde ?

Je me disais bien qu'il avait un côté obscur.

— Monsieur Charles ! Monsieur Charles ! Eliott a été intenable toute la soirée ! Il a décroché le rideau de douche, assaisonné mon pot-au-feu avec un kilo de sucre roux, tenté d'épiler le chat... Impossible de l'endormir ! Il était temps que vous rentriez ! Si vous aviez tardé plus, je vous jure que je lui aurais donné un doigt de cognac, comme au bon vieux temps ! Ma mère disait toujours : « Une larmichette d'alcool et ils décollent ! » Mais je sais que vous ne voulez pas. Vous devriez écouter mes conseils, pourtant. Plus de fermeté. Une bonne fessée de temps en temps, ça ne lui ferait pas de mal !

L'auteur de cette tirade sans fin, une imposante dame aux cheveux blancs, fait son entrée à son tour et se jette lourdement dans un fauteuil. Elle est à bout de souffle et ses joues sont écarlates.

— Rendez-vous compte : il est 1 heure et nous sommes là, réveillés ! Je n'ai plus 30 ans, monsieur Charles. Je vais finir par démissionner en vous demandant une grosse prime de départ.

— Claudette, vous disiez déjà ça à mes parents quand vous me gardiez. Je n'en crois pas un mot. Mais je manque à tous mes devoirs ! Claudette, je vous présente Anna, une des invitées de Romuald.

Elle me toise de haut en bas, soupçonneuse.

— Et qu'est-ce qu'elle fait ici, la p'tite dame ?

Charles et moi nous regardons.

Eliott, profitant du silence, lance brusquement :

— Ben oui, qu'est-ce qu'elle fait là, la dame toute sale ? Tu as ramené une mendiante ? Tu crois qu'elle va se transformer en princesse si on lui pince la joue, comme dans *La Fée maline* ?

Il n'attend pas la réponse, se précipite vers moi et entreprend de me pincer.

AÏE ! Je ne savais pas que des doigts si petits

pouvaient faire aussi mal ! Je tente de me dégager, mais il s'accroche comme une sangsue, le petit fourbe. J'ai bien envie de lui tordre ses oreilles en feuille de chou, à ce morveux, mais m'abstiens. Je ne vais pas m'abaisser à ça.

— Dis donc, tu fais mal !

— Eliott,, excuse-toi ! lui ordonne Charles en le faisant lâcher prise.

— Je m'excuserai quand elle se sera lavée ! Elle ne se transforme même pas en princesse, elle est nulle !

Charles lui lance un regard glacial et le gamin se ratatine dans son coin en lançant un « désolé » à peine audible.

Sale môme !

— Anna, je te présente donc Claudette, ma nounou quand j'étais petit, qui garde en ce moment Eliott, mon neveu.

Ce n'est donc pas son fils !

À la réflexion, je savais bien que cet homme-là n'avait strictement aucun côté obscur.

La dénommée Claudette croise ses gros bras et plante ses yeux dans les miens. On dirait qu'elle veut entamer avec moi une petite séance de télépathie. Prudente, je tourne la tête, on ne sait jamais. En tout cas, elle est méfiante à mon égard.

— Il est à la maison, car ses parents se sont absentés pour un mois, reprend Charles. Mission humanitaire. J'ai donc la charge de ce petit morveux ! D'ailleurs, il va aller se coucher. Claudette, vous pouvez rentrer. Merci encore de vous être chargée de lui si tard. Heureusement qu'il n'a pas école demain !

Super Nanny se lève laborieusement, remonte ses bas et fait entendre un claquement de langue désapprobateur à mon encontre.

— Comme vous voulez. Et la p'tite dame ? Elle reste ?

— Elle va bientôt repartir.

— Bon. Si vous avez faim, il y a un reste de choucroute au frigo. Celle d'hier. Parce que le pot-au-feu...

Charles la prend par le bras et l'entraîne doucement vers la porte, alors qu'Eliott s'accroche à son tablier somptueusement fleuri.

Elle marmonne encore de vagues « Pot-au-feu ! Un kilo de sucre ! Un kilo ! » en passant la porte.

Lorsque Charles et Eliott reviennent, ce dernier saute sur le canapé à côté de moi et me crie très fort dans l'oreille :

— Hé ! la gueuse ! Tu m'accompagnes dans ma chambre ?

— Désolé... On a regardé *Les Visiteurs* il y a deux jours, glousse Charles.

Je suis outrée, mais me mords la langue pour ne pas répliquer. Jouter avec un gamin de cet âge : non. La dignité avant tout. Pourtant, ça me démange !

— Allez, au lit ! lui ordonne Charles. Anna, tu nous accompagnes, puis je te déposerai rapidement ?

Je bois cul sec les dernières gouttes de mon infusion et les suis dans une petite chambre pleine de jouets.

— On fait le couchage de Sioux ? demande Eliott.

— Va pour le couchage de Sioux, mais ensuite, rideau !

— Une histoire ! UNE !

— OK, une. Celle du monstre sous le lit ?

— Encore ? T'as pas autre chose ? répond, dédaigneux, le mini-monstre.

— Tu sais, je ne suis pas un spécialiste des histoires pour les enfants, moi.

Charles installe la couette par terre, cale un machin informe qui doit être un doudou dans les bras du garçon. Il peine à trouver des idées, c'est flagrant. Il est temps pour moi d'intervenir et d'abréger l'affaire. Je dois rentrer.

— Tu veux bien que la gueuse te raconte une histoire ?

— Tu saurais faire ça ? demande Eliott, plein d'espoir.

Je redore mon blason.

Classe intégrale.

— Bien sûr ! Je suis très douée.

— Je veux une histoire qui fait PEUR !

— Pas de problème. Mais tu es certain de tenir le choc ? dis-je en m'allongeant sur la couette.

— Ouiiiiii !

Il me colle un bisou sur la joue. Et voilà comment on met un gamin dans sa poche en trente secondes ! Au revoir la gueuse, bonjour la somptueuse conteuse !

Charles ne laisse qu'une veilleuse allumée. Nous sommes installés. L'histoire peut commencer.

Et je suis super inspirée.

— Il était une fois...

... Des sorcières satanistes, des vampires assoiffés de sang, un docteur fou, un chien enragé et psychopathe... Tout y passe. Le clou de l'histoire : le héros est un poney verdâtre nommé Johnny. Je songe sérieusement à me reconvertir dans la littérature enfantine. Emportée par l'action, je ne m'arrête plus. Ce n'est plus un conte, c'est un roman-fleuve.

— Dis, ça fait trop peur, ton histoire, marmonne Eliott d'une voix ensommeillée. Mais tu racontes bien !

— Merci ! Mais chut ! Écoute et ne t'inquiète pas, ça va bien se finir !

Dans un bain de sang, Johnny coupe la tête de tous les monstres sans discontinuer. C'est un héros, un vrai. Mais ça n'en finit plus. Je commence à avoir du mal à trouver des idées... C'est même de plus en plus difficile...

— Et ensuite... Ensuite... Ens...

— Anna... Réveille-toi !

C'est à la fois un chuchotement et un grognement affolé. C'est la voix du docteur fou de mon histoire, j'en suis sûre ! Il vient me trucider dans mon sommeil, comme Freddy Krueger ! Je me débats, mais c'est sans espoir...

— Anna ! Allez !

J'émerge soudain du sommeil agité dans lequel j'étais plongée.

Sommeil ?

Plongée ?

Penché sur moi, Charles a l'air complètement paniqué. Je me redresse, prise d'angoisse.

Quelle heure est-il ?

— Comment ai-je fait pour m'endormir ? Pourquoi ne m'as-tu pas réveillée ?

— Figure-toi que je dormais, moi aussi. Tes trucs de poney et de vampires, c'est drôlement soporifique !

Eliott dort encore à poings fermés.

Romuald ! Que va-t-il penser s'il ne me voit pas ?

— Quelle heure est-il ?

— 8 heures ! Vite, dépêche-toi !

Je cours hors de la chambre, furieuse. Pourquoi ai-je accepté cette invitation stupide ? Romuald doit être réveillé. Que va-t-il dire en me voyant me pointer au petit matin ? Dois-je lui avouer que j'étais chez Charles ? Il va penser que nous entretenons une liaison torride, c'est sûr !

Toutes mes chances sont foutues.

Je suis finie.

— Je n'aurais jamais dû t'accompagner !

— C'est ma faute, maintenant ? Tu n'as pas dit non, que je sache.

— Bien sûr que je n'ai pas dit non. Mais je devais simplement boire une infusion, pas me coltiner un coucher d'enfant ! Que va penser Romuald ?

— Romuald ne va rien penser, puisque tu ne lui diras rien.

— Il va bien se douter de quelque chose. Comment veux-tu que je justifie mon arrivée matinale ?

— Je ne sais pas. Tu n'as qu'à faire preuve de la même inventivité qu'hier soir, lorsque je t'ai trouvée sur le bord de la route.

Alors là ! Il exagère ! Je suis dans le pétrin à cause de lui et il ose me faire porter la responsabilité d'un mensonge !

Lâche !

— Dis donc ! Tu vas arrêter d'insinuer que je suis une menteuse !

Le ton monte... à voix basse. C'est assez déconcertant de se disputer en chuchotant, mais il ne manquerait plus qu'Eliott se réveille.

— Je n'insinue pas : j'affirme. Et tu le fais mal, en plus. De toute façon, ce n'est pas la peine de te mettre dans ces états-là. Il y a pire dans la vie !

— Non, il n'y a pas « pire dans la vie », comme tu dis si philosophiquement : toutes mes chances avec Romuald sont parties en fumée, grâce à toi. Je te remercie. Merci beaucoup !

— Ne me remercie pas, tu les aurais gâchées toute seule à un moment ou à un autre, de toute façon, lance-t-il sèchement. Allez, dépêche-toi, je te raccompagne.

Quel goujat !

Non, mais quel goujat !

J'enlève rageusement son pull et le lui jette au visage,

mais il le rattrape agilement avec un sourire moqueur. J'enrage ! Je dois me tirer d'ici avant d'exploser.

— Pas besoin de me raccompagner. Je trouverai le chemin. Je ne veux pas être en ta présence une seule seconde de plus !

Sur cette réplique loin d'être à la hauteur de sa fourberie, j'ouvre violemment la porte, sors et la lui claque au nez.

Une fois dehors, je ne sais quelle direction prendre : Droite ? Gauche ? Droite ?

Droite ! Je marche à vive allure pour me réchauffer et surtout atténuer ma colère.

« Tu les aurais gâchées toute seule, de toute façon. » Qu'est-ce qu'il a voulu dire ? Que je suis trop bête, trop niaise, trop absurde pour avoir une quelconque chance avec Romuald ? Trop... moche ?

Non, mais... il s'est regardé, lui, avec ses triples cernes et sa tête enfarinée ?

Je le hais.

Salaud, salaud, salaud !

Alors que je peste, me voilà arrivée devant chez Romuald.

Des gens circulent déjà entre les caravanes. Comment vais-je faire pour entrer discrètement ? Je pense un instant à ramper de buisson en buisson, puis abandonne ce plan : il ne faudrait pas qu'on me surprenne à plat ventre dans la gadoue.

Soudain, j'ai une illumination. Je resserre mon élastique à cheveux, pince mes joues comme une forcenée pour les rougir et prépare une arrivée sur le thème « joggeuse matinale ». J'avance à petites foulées et m'approche des caravanes. Comme je m'y attendais, un des cameramen me remarque et commence à filmer.

J'allonge la foulée et lui souris en passant. J'ajoute quelques inspirations expirations très sportives et le dépasse, altière.

Si cette scène passe à la télévision, succès garanti : on m'engagera pour les pubs Nike.

Quand j'arrive devant la maison, je frappe à la porte, la gorge nouée.

Romuald m'ouvre en pantalon de jogging et torse nu. Miam ! Quelle charmante vision !

Il me fixe, interloqué.

— Qu'est-ce que tu fais dehors à cette heure ?

— J'ai fait un petit footing. Ma cheville est totalement remise ! Je n'ai pas pu m'en empêcher ! Je ne t'avais pas dit que j'adoooore courir ? Je pense d'ailleurs m'inscrire très bientôt au semi-marathon de Paris. Et toi ? Tu vas bien ?

— Heu... Oui, je me réveille. Je ne t'ai pas entendue sortir.

— Je suis extrêmement discrète quand je veux !

Il s'efface pour me laisser passer et me suit à l'intérieur de la maison.

— Tu es pleine de boue ! Tu es tombée ?

Hors de question que je passe encore une fois pour une maladroite finie.

— Bien sûr que non ! J'ai commencé par quelques abdos et pompes. J'ai dû me salir sans m'en rendre compte.

Je suis à fond dans mon rôle de sportive, si bien que je meurs de faim, comme après un véritable effort.

— Tu as déjà déjeuné ? demande Romuald.

— Non, je m'apprêtais à le faire. Tu veux un café ?

— Avec plaisir !

— Que faisons-nous aujourd'hui ? Maintenant que je suis remise, j'ai très envie de voir les environs !

— Voilà ce que je te propose : il y a un grand

musée de cire pas trop loin d'ici, un peu comme le Tussauds de Londres. Ça te dit d'y aller ? On le visite, on se fait un petit resto et on rentre. Ce soir, j'aimerais inviter Charles à manger.

Un regain de colère me saisit.

— Tu es sûr ? Ça ne va pas l'ennuyer ?

J'espère avoir l'air sereine et détachée, mais je bous intérieurement.

— Non, il doit avoir hâte de mieux vous connaître, au contraire ! Et puis, tu as déjà mangé avec lui. Tu sais qu'il a de la conversation et peut se montrer un invité charmant.

J'approuve mollement, tout en cherchant une raison plausible pour faire annuler l'invitation. Je n'ai aucune envie de revoir cette espèce de...

— Bonjour, Romuald !

Jenny... qui a pris sa voix la plus onctueuse.

Avec tous les événements de la nuit, je n'ai pas eu le temps de mettre en place la phase suivante de mon plan antipeste.

Dois-je dire la vérité à Romuald, là, tout de suite ? Effet coup de tonnerre garanti ! Je vois d'ici la une des journaux.

L'AMOUR AU VERT : *UNE CANDIDATE EN PIÈGE UNE AUTRE ET DÉCOUVRE L'INFÂME VÉRITÉ !*

Épatée par mon ingéniosité et ma discrétion, la police des polices tenterait de m'embaucher. Je ne lâcherais bien sûr pas mes colliers pour chiens, mais peut-être les aiderais-je en tant que consultante pour résoudre les affaires les plus compliquées ?

Mais si je parle et que Romuald ne me croie pas ? Il est conscient des tensions entre nous, il l'a dit. Il pourrait penser que j'affabule, dans le but de rabaisser mon adversaire.

À la réflexion, je préfère garder l'info sous le coude pour le moment et me promets de l'utiliser en temps et en heure : il me faut d'abord réunir des preuves solides, avant de crucifier mon ennemie.

M'ignorant superbement, Jenny se penche vers Romuald pour l'embrasser. Comment fait-elle pour rendre une simple bise si langoureuse ? C'est fou ! Ce qu'elle est agaçante !

Elle s'assied et émiette une tartine, chipotant avec sa nourriture comme un mannequin enrôlé chez Weight Watchers. Et dire que j'en suis à ma cinquième tartine de Nutella. Mais bon, j'ai une excuse : après l'effort, le réconfort.

— J'ai fait de merveilleux rêves, cette nuit. Tu étais dedans, Romuald...

Le sous-entendu sexuel est flagrant. Elle positionne ses lèvres en cul-de-poule et attend sa réaction.

Romuald manque de s'étouffer avec son café et rosit... De plaisir ?

Je ne peux en supporter plus. Charles m'a mise de mauvaise humeur et Jenny m'horripile. Je me sens comme ces bombes prêtes à exploser et il me semble alors judicieux de m'éclipser un moment, histoire de reprendre mes esprits.

— Je vais prendre ma douche ! Je vous rejoins plus tard ! dis-je en me levant.

— Tu as raison, me lance Jenny, sans m'accorder un regard.

Elle n'a même pas noté l'état de ma tenue.

Je suis totalement transparente pour elle, mais la chose a du bon : elle aurait pu sinon faire le lien entre l'incident d'hier soir et mes habits pleins de boue.

Je suis une ombre dans la nuit.

Je suis l'investigatrice masquée de la vérité.

Il me reste encore des choses à éclaircir... Et ça viendra, j'en suis sûre.

Une fois que j'aurai découvert la raison de sa venue ici et son lien exact avec Staton, elle va voir ce qu'elle va voir, cette pimbêche !

6. OÙ UNE INNOCENTE VISITE SE TRANSFORME EN CAUCHEMAR XXL…

Armée de mon vanity ultra-équipé, j'investis la salle de bains, bien décidée à me refaire une beauté. Mon but : être éblouissante. Après tout, Romuald et moi avons failli nous embrasser hier, et j'ai la ferme intention que ça se reproduise. Une bonne douche, une touche de mascara et je serai comme neuve. Je suis même prête à mettre du rouge à lèvres pour la première fois de ma vie.

Je suis partie sur ma lancée, plus énergique qu'une pile Duracell, quand un objet posé sur le lavabo attire mon regard.

Non ?

Je n'y crois pas !

Le portable de Romuald !

Enfin, la chance me sourit !

Je vais découvrir l'auteur des appels répétés de ces derniers jours. C'est tout bonnement merveilleux ! Comme disait ma tantine Claudine, c'est vraiment quand on ne s'y attend pas que les choses avancent.

Ni une ni deux, je ferme soigneusement la porte

à clé, m'empare fébrilement du téléphone et appuie dessus...

Il y a un code d'accès.

On me demande de taper « l'expression choisie par mes soins ».

Qu'est-ce que ça peut bien être ?

Dans un élan de mégalomanie, je tape « Anna ». Accès refusé. J'opte alors pour une option moins réjouissante : « Jenny ». Accès refusé. J'espère que mes tentatives ne vont pas bloquer l'engin, mais c'est trop tentant, je dois continuer. Réfléchissons...

Je fais les cent pas en me triturant les méninges : « Œnologue » ? « Vin rouge » ? « Amour au vert » ! « Vers de terre » ! « Terre de feu » !

Stop.

Je divague, là. Il faut que je me ressaisisse. Que je me concentre.

Qu'est-ce que Romuald aime, dans la vie ?

Soudain, la réponse s'impose à moi. Mais bien sûr ! Le mot de passe doit être « STAR BRUNE » !

Je compose précipitamment le nom du terrible canasson et miracle ! Un message d'accueil s'affiche : « Bienvenue, Romuald ! »

Victoire ! J'ai toujours su que j'étais brillante.

Le journal d'appels ne contient qu'un nom : Sasha.

Rapidement, je trouve les textos.

Je compte venir te rendre visite pour que nous parlions de vive voix. Il faut absolument que nous nous expliquions.

La réponse de Romuald est cassante.

Hors de question. Les filles sont chez moi. Lâche-moi.

Réplique de Sasha dans la même veine :

Tu as bien un quart d'heure à m'accorder quand même ? Et tu pourrais être un minimum aimable. Je ne suis pas une merde.

Qu'est-ce que c'est que cette histoire ? Et qui est Sasha ?

Je m'apprête à continuer ma petite lecture, quand quelqu'un frappe à la porte, me faisant violemment sursauter. *Damned !* Je mets rapidement le téléphone en veille et m'empresse de le reposer exactement où il était, au millimètre près, en claironnant :

— Oui ? Qui c'est ?

— C'est Romuald ! Je pense avoir laissé mon portable dans la salle de bains. Tu le vois ?

Pile au moment où je mettais le doigt sur quelque chose !

Et s'il me voit tout habillée, pas encore douchée, il va sûrement se rendre compte que je fouinais dans ses affaires. Malheur !

Une excuse, une excuse ! Vite !

— J'arrive ! Deux secondes ! J'étais... heu... en train de m'épiler...

Pas le maillot : trop moche.

Pas la moustache : trop humiliant.

— ... Les sourcils !

J'aurais pu trouver plus glamour, mais c'est déjà mieux que le reste.

— Ah !

Il paraît choqué. Quoi ? Il ne sait pas que les filles raisonnables s'épilent ?

Deux minutes plus tard, j'ouvre la porte et lui tends son téléphone. Il a l'air satisfait.

Il ne soupçonne pas que j'ai l'esprit aussi vif que Navarro. Il est à mille lieues de deviner que j'ai infiltré son portable, telle une espionne du CBI. Hé ! hé ! hé !

— Merci, Anna. Désolé de t'avoir dérangée. Je te laisse continuer ton épilation !

— Merci ! Je n'en ai pas pour longtemps.

Après avoir refermé la porte, je me déshabille rapidement et plonge sous la douche avec délices, réfléchissant activement à ce que je viens de lire. Que veut Sasha à Romuald ? Et pourquoi ce dernier, d'un naturel si charmant, est-il si désagréable dans ses messages ?

C'est étrange, vraiment. J'ai beau me creuser le cerveau, le mystère reste entier.

Il ne me reste plus qu'à attendre le moment où Romuald oubliera de nouveau son portable dans un coin pour en savoir plus. En espérant qu'il ne change pas son code d'accès ! Mais si c'est le cas, je tenterai « Johnny Farwest ». Sans vouloir le critiquer, son imagination n'a pas l'air bien folichonne, question mots de passe.

Une fois douchée et habillée, j'observe mon reflet dans le miroir. Ma bosse est maintenant presque invisible. J'ai l'air pimpante. Certainement pas d'une gueuse ! Une gueuse... Involontairement, je souris. Je me demande ce que fait Eliott, ce matin, s'il a repensé à ma fabuleuse histoire ou si elle a été reléguée dans le tréfonds de son cerveau enfantin. Est-ce que son insupportable oncle est resté avec lui ?

Bon, allez... Il faut que j'arrête de ruminer, là. Je ne compte pas perdre mon temps à penser à cet homme et à ses remarques acides.

Cette journée va être belle, c'est décidé. Je ne laisserai rien me contrarier.

Lorsque je descends, Romuald et Jenny m'attendent, prêts à sortir. Cette dernière tape lourdement du pied pour me signifier son impatience. Elle gonfle les joues, soupire et lance avec mépris :

— Enfin ! Tout ce temps pour ce résultat ? Bon, on y va ?

C'est la jalousie qui parle. Je suis sûre qu'elle ne s'attendait pas à me voir si rayonnante. L'ignorant superbement, j'offre un sourire que j'espère ravageur à Romuald.

— En route, dis-je en leur emboîtant le pas.

Les découvertes de ces dernières heures m'ont légèrement exaltée. Rien de plus excitant qu'une petite enquête, dans la vie. Et j'avance à grands pas ! Jenny... Romuald... Bientôt, la vérité éclatera. Si un jour les colliers pour chiens me lassent, je me reconvertirai en détective privé, c'est décidé.

Les colliers pour chiens, mon entreprise... Ma petite boutique me paraît si loin et Amélie...

Amélie...

Amélie !

J'ai complètement oublié Amélie !

Mon portable est éteint depuis hier et je ne l'ai pas encore rallumé. La connaissant, elle a dû inonder ma messagerie. Je songe un instant à le récupérer, mais je n'ai pas le temps : Romuald et Jenny sont déjà devant la voiture. Je ne prendrai pas le risque de rendre mon adversaire encore plus exécrable. Si je la faisais attendre, elle serait capable de me rouler dans la boue et de m'écraser avec son escarpin pointu. Tant pis, je m'en occuperai ce soir. Je trouverai bien un moment pour passer quelques appels.

Jenny monte prestement dans la voiture, à l'avant, bien entendu. Je suis en train de m'installer à l'arrière, quand Staton approche. Il nous salue brièvement, l'air overbooké, feuilletant un gros carnet de notes.

— Un cameraman va vous accompagner. Il restera

avec vous aujourd'hui. Ça vous convient ? demande-t-il sans même nous regarder.

Nous acquiesçons tous les trois. Avons-nous le choix ?

Jenny joue les innocentes, comme s'il ne lui avait pas chatouillé l'orteil hier soir. Quelle sale hypocrite !

— Salut ! Moi, c'est Filou ! lance le cameraman en s'installant à côté de moi. C'est vrai, quoi ! Je ne suis pas qu'une machine à filmer ! J'ai un nom !

Sur ce, il empoigne sa caméra et filme alors que M. Courant d'air — Staton — s'en va. Je crois que je ne l'ai jamais entendu prononcer plus de trois phrases d'affilée. Et toujours à propos de l'émission. C'est son job, d'accord, mais un peu d'humanité ne serait pas de trop ! Il en est capable, en plus : quand il était avec Jenny, dans sa caravane, il avait l'air humain... Très très humain.

Alors qu'il se dirige vers son van, je me dis qu'aujourd'hui je n'aurai pas l'occasion de suivre l'émission, mais ça ne m'inquiète pas plus que ça : je ne devrais pas apparaître beaucoup à l'écran. Cela dit, j'aurais été curieuse de voir le tête-à-tête de Romuald et Jenny !

Pendant le trajet, je supporte stoïquement le bavardage incessant de miss Perfection qui vante son habileté pour le surf. Et vas-y que je te raconte la fois où j'ai affronté une vague de deux mètres... La fois où j'ai sauvé un enfant des flots menaçants... C'est d'un ennui ! Je ne comprends pas pourquoi Romuald et Filou lui lancent des regards émerveillés.

Les hommes sont tellement impressionnables.

Heureusement, nous arrivons au musée de cire.

Lorsque nous nous présentons au guichet, Romuald passe devant et demande :

— Un billet, s'il vous plaît !

Un billet ?

Et nous ?

Il s'est sûrement trompé. Sa langue a dû fourcher.

Mais non : il se tourne vers nous et attend que nous passions à la caisse.

Je n'en reviens pas. Romuald serait-il un gros radin ? Impossible ! Il a l'air si accueillant, si parfait ! Non, non, je ne peux y croire.

Jenny croise mon regard. Pour une fois, nous sommes au diapason : stupéfaction complète des deux côtés !

— Alors, les filles ? Qu'est-ce que vous attendez ? Vous prenez vos entrées ?

Bonjour la galanterie !

Avec raideur, je paye et empoche mon billet. Jenny fait de même, mais se ressaisit très vite : elle prend le bras de Romuald et avance joyeusement avec lui en direction de la première salle. Déçue, je les suis en traînant des pieds et me retrouve entourée de mannequins tous aussi flippants les uns que les autres, avec leurs regards vides. J'avais oublié que je déteste ça depuis le jour où, petite, je suis restée coincée dans un réduit de supermarché avec quarante mannequins : j'avais voulu jouer à cache-cache...

Une odeur de cire un peu rance flotte dans l'atmosphère, et il fait froid.

Je commence à avoir mal à la tête, mais donne le change, consciente d'être filmée. Cela dit, je le sens, ma bonne humeur vacille. Je me rends compte que je n'ai pas vraiment envie d'être là, que je serais cent fois mieux affalée sur un canapé à boire du rooibos. Mes pensées se tournent alors immanquablement vers Charles... Ce n'est pas possible ! Il ne va pas squatter mon cerveau toute la journée, quand même !

La culpabilité me tenaille. Je n'aurais peut-être pas dû lui reprocher le fait de m'être endormie, ni insinuer qu'il serait responsable, si je gâchais mes chances auprès de Romuald. Après tout, j'aurais dû être plus vigilante et insister pour rentrer.

Mais ça n'excuse en rien sa remarque humiliante. Et dire que je vais devoir l'affronter ce soir, comme si de rien n'était ! Je me demande comment il va réagir.

Je tente de le chasser de mes pensées et rejoins mes deux compagnons plantés devant une statue d'Indiana Jones.

— J'adore Harrison Ford ! piaille Jenny en battant des mains.

— Moi aussi ! s'exclame Romuald. J'ai vu absolument TOUS ses films.

Je vois avec dépit leurs joues rosir et décèle l'agitation fébrile caractéristique des fanatiques qui se reconnaissent entre eux.

— Nooooon ! Tu as aimé *Les Aventuriers de l'arche perdue* ?

— Si j'ai aimé ? Plus que ça ! Je suis carrément fan !

Ils se sourient, extatiques.

— Quand je te dis que nous sommes sur la même longueur d'onde ! Tu vois le passage où Indiana sort du temple et...

Et les voilà partis dans une conversation dont je suis bien sûr exclue, ayant toujours préféré les films romantiques aux folles aventures du héros au lasso.

Je les écoute déblatérer sur les mérites de tel ou tel volet de l'histoire en bâillant d'ennui. Filou ne cesse de pointer son objectif sur eux, captant tout de leur conversation jubilatoire. J'essaye bien de m'intéresser aux autres statues — il y a tout de même Paris Hilton, Michelle Obama et Britney Spears —, mais n'y parviens pas. C'est définitif : j'ai irrémédiablement sombré dans la morosité. Qu'est-ce que je fais, dans ce musée qui ne m'intéresse pas et dont j'ai dû payer l'entrée, à assister au rapprochement inexorable de ces deux-là ?

Si seulement j'avais Amélie au téléphone, en cet instant ! Je suis certaine qu'elle réussirait à me remonter le moral. Quelle imbécile je suis d'avoir laissé mon portable éteint chez Romuald !

Vingt minutes passent et nous sommes toujours plantés devant Indiana Jones. Au moment où Jenny évoque sa collection de figurines à l'effigie du héros, j'abdique.

— Je m'absente quelques minutes, je vais aux toilettes.

Toute distraction est bonne à prendre. N'importe quoi pourvu que je m'éloigne d'eux !

Romuald semble soudain se souvenir de ma présence et Jenny me jette un regard supérieur.

— Je t'accompagne, je dois avouer que j'ai aussi envie d'y aller. Romuald, nous continuerons cette passionnante conversation dans cinq minutes ! Tu m'attends, surtout, hein ? dit-elle en lui cajolant le menton.

Mais pourquoi faut-il qu'elle me suive ? Elle n'aurait pas pu attendre un peu ?

Avisant le panneau indicatif, nous descendons en silence au sous-sol.

Je sens sa présence derrière moi. Un frisson me parcourt : elle serait bien capable de me faire trébucher !

Une candidate de L'Amour au vert *en pousse une autre dans un escalier. La victime s'en sort avec quarante-deux fractures.*

Brrrr... J'en ai des sueurs froides. Par prudence, je m'accroche à la rampe.

Je manque de tomber en entrant dans les toilettes, mais Jenny n'est pas en cause : un balai serpillière et un seau sont posés en plein milieu. Mon abominable compagne bute sur moi et me repousse assez brutalement.

— Tu peux pas faire gaffe ?

C'est fou comme sa voix change lorsqu'elle s'adresse à moi. On dirait le grondement d'un jaguar.

Sans lui répondre, je me dirige vers le miroir. Je constate avec déception que le rouge Glossy-glossy que j'ai appliqué ce matin m'a affreusement gercé les lèvres. Je dégaine donc mon bon vieux Labello. À côté, Jenny se tartine copieusement la bouche de Rose Envoûtement. Elle sait y faire, c'est sûr. Ses lèvres sont parfaites. Remarquant que je l'observe, elle s'interrompt, son stick à la main.

— Qu'est-ce que t'as à me regarder ? Tu me cherches ? Quoi ? Ça te gêne que Romuald et moi partagions tant de centres d'intérêt ?

Et voilà, c'est reparti.

— Absolument pas !

Je reste calme. Esprit de Shiva, envahis-moi.

— Tu en es sûre ? Parce que, très honnêtement, je ne comprends pas ce que tu fais là. Tu es parfaitement inutile. J'aimerais bien voir l'émission, ricane-t-elle. Jason, le producteur, m'a dit que j'étais éblouissante : je crève l'écran. Apparemment, ce n'est pas ton cas...

Je suis stupéfaite par sa capacité à me ratatiner en quelques phrases.

— Je me fiche complètement de ce que Jasounet pense de toi ou de moi !

C'est sorti tout seul.

Merde !

Elle me fixe avec des yeux ronds.

Posant violemment son tube de rouge à lèvres sur le bord du lavabo, elle se penche vers moi. Ses sourcils montent tellement haut qu'ils semblent vouloir atteindre son crâne.

— Qu'est-ce que tu as dit ? siffle-t-elle en plissant les yeux.

— Rien ! Rien du tout ! J'ai juste dit que... que Jason a un nez ! Un sacré nez...

— Non ! Je t'ai entendue, tu as dit « Jasounet » !

Oh ! et puis zut, à la fin ! Après tout, pourquoi ne pas abattre mes cartes tout de suite ? Peut-être que j'en apprendrai un peu plus.

Allez, je fonce.

— Tu as raison. J'ai dit « Jasounet » parce que je t'ai entendue l'appeler ainsi, figure-toi.

— Quoi ? Quand tu m'as entendue dire ça ?

— Hier soir. Tu te trouvais dans sa caravane. Tu ne peux pas le nier.

— Tu m'espionnes, maintenant ?

Le ton monte. J'ai l'impression que les murs rétrécissent autour de moi. Elle va m'étrangler, c'est certain.

— Pas du tout ! Hier soir, je n'arrivais pas à dormir. Je suis sortie prendre l'air et je t'ai entendue parler avec lui. Vous aviez l'air très proches.

Comme d'habitude, sa veine gonfle inexorablement. Elle roule des yeux fous.

— Tu n'as RIEN vu ! Tu n'as RIEN entendu ! Tu MENS !

J'ai peur, mais en même temps, je jubile.

— J'ai bien compris que tu couches avec Staton, Jenny !

Quitte à y aller, autant y aller fort, même si je n'ai aucune preuve de ce que j'avance.

Estomaquée, elle recule. Je pensais à un flirt, mais j'ai peut-être vu juste, finalement !

Ne lui laissant pas de répit, j'enchaîne, avec l'impression d'être Harry Potter achevant Voldemort.

— La question est : si c'est le cas, à quoi joues-tu avec Romuald ?

Elle agrippe le lavabo. Les jointures de ses mains blanchissent.

— Je pense que ton imagination te joue des tours, Anna. Tu as rêvé ! Tu nages en plein délire !

— Je pense au contraire que tu es très inquiète parce que je sais tout. Tu te demandes si je vais faire part de mes découvertes à Romuald. Là, pour le coup, tu crèverais l'écran !

En un éclair, elle m'attrape par le col et me soulève d'un centimètre. Mes pieds ne touchent plus terre. Je gesticule comme une mouche piégée dans une toile d'araignée, mais elle a une poigne de fer.

— Si tu dis ne serait-ce qu'un mot, je t'arrache les yeux. Je connais du monde. Des gens dangereux. Fais bien gaffe à ce que tu fais ! C'est clair ?

Très clair.

Comment une femme aussi fluette peut-elle avoir la force d'un gorille en rut ?

Elle me terrorise.

Il faut à tout prix que je m'échappe. Je m'agite sauvagement et, lui enfonçant mon Labello dans le nez, je réussis à la désarçonner. Sans attendre les représailles, je file dans l'une des toilettes. Vite ! Vite ! Le loquet ! Mes mains tremblent, mais je parviens à fermer la porte à clé. Ouf ! Me voilà en sécurité ! Sous l'effet du stress, je parviens à peine à respirer.

Pas de doute, cette fille est une psychopathe de première. Elle ferait de l'ombre au héros de *Shining*.

Derrière la porte, j'entends son rire démoniaque.

— Tu crois m'impressionner avec le coup du Labello ? Tu m'as juste hydraté le bout du nez ! Je te préviens une dernière fois, Anna : je t'ai à l'œil. Méfie-toi.

Je l'entends piétiner. Un bruit métallique contre

la porte me fait sursauter. Est-ce qu'elle essaye de l'enfoncer pour me noyer dans la cuvette ? Je me ratatine dans un coin, mais une seconde plus tard, je l'entends s'éloigner à pas précipités.

Sauvée !

Traumatisée à vie, certes, mais hors de danger.

J'ai tapé dans le mille : elle couche avec Staton ! Si ce n'était pas le cas, elle n'aurait pas été si agressive. Ce que je ne comprends pas, en revanche, c'est la raison pour laquelle elle participe à l'émission. Je vais devoir encore creuser.

Avant de ressortir, je tends l'oreille un instant : on ne sait jamais. Peut-être qu'elle a fait semblant de partir, mais qu'elle est encore là, planquée dans l'ombre, prête à me sauter dessus. Je patiente, aux aguets, mais ne perçois rien. Aucun bruit de respiration. Elle est bel et bien partie.

Je soulève doucement le loquet, pousse la porte... mais... mais elle ne s'ouvre pas. Je tourne alors la poignée dans tous les sens, secoue, tire. Rien.

La terrible vérité s'impose alors à moi : je suis coincée dans les toilettes.

Je force, m'évertue, tambourine.

Impossible de faire bouger quoi que ce soit.

En sueur, je m'assieds sur la cuvette et réfléchis. Je suis certaine que c'est elle. Ce petit bruit, contre la porte, n'était pas innocent.

Elle a dû la bloquer avec le balai serpillière qui traînait dans l'entrée.

Sorcière ignominieuse !

Ignoble engeance !

Mais qu'est-ce qu'elle croit ? C'est ridicule ! Romuald va demander où je suis. Il viendra me délivrer en preux chevalier, et elle sera congédiée comme les vilaines sœurs de Cendrillon. Je n'ai qu'à attendre.

Attendre… Attendre… Attendre…

Au bout de quarante minutes, je commence à suffoquer et un vieux regain de claustrophobie me saisit.

Je laisse filer un quart d'heure supplémentaire et commence à appeler. Aucune réponse. Personne ne vient. C'est impossible : personne ne fait donc pipi ici ? Les femmes du coin ont-elles des vessies supersoniques ?

Je décide de continuer à patienter calmement et, après quelques visualisations new age, la sérénité me revient. Je suis zen, mais déterminée : lorsque je serai sortie de là, Jenny va passer un sale quart d'heure ! Elle va payer cet affront. Je vais tout avouer à Romuald. TOUT.

Enfin… Si j'ose. Lorsque je repense à ses menaces, je n'en mène pas large… Quoique je puisse porter plainte pour tentative d'intimidation. Oui, c'est une idée, ça…

Un ricanement sinistre m'échappe.

Une heure plus tard, le ricanement sinistre s'est mué en un gémissement de désespoir. J'ai déjà rangé mon sac à main trois fois, compté les points sur le plafond à cinq reprises, appris par cœur la composition du spray désodorisant mis à disposition et tiré la chasse régulièrement pour créer un peu d'animation. Je suis morte d'ennui et de rancœur.

Pourquoi Romuald ne s'est-il pas mis à ma recherche ? Il aurait pourtant dû se demander où je suis depuis tout ce temps !

Soudain, des bruits de pas se font entendre. Je me mets immédiatement à brailler comme un cochon qu'on égorge.

— Aidez-moi ! Aidez-moi ! Au secours ! Je suis bloquée ! Je vais mouriiiiiir !

Presque immédiatement, on fait glisser quelque chose contre la porte et quand je sors, je me trouve face à une jeune fille armée du fameux balai serpillière. C'était bien ça ! Jenny m'a enfermée intentionnellement !

La vieille bique !

Je remercie ma sauveuse, me jette dans l'escalier et pénètre dans la première salle : personne. À l'étage, j'ai beau arpenter chaque recoin, je n'aperçois ni Romuald ni Jenny. Lorsque j'atteins la dernière pièce, dévolue aux animaux de célébrités, un mince espoir m'étreint : ils ne peuvent être que là... Mais non. Rien ! Rien ! Rien ! Des chihuahuas, des caniches et des labradors à perte de vue, mais aucune trace de mes compagnons.

Complètement angoissée, je file interroger le guichetier :

— Excusez-moi... Vous n'avez pas vu mes amis ?

— Qui ?

— Les deux personnes avec qui je suis entrée tout à l'heure. Il y avait également un cameraman avec nous.

Gros bruit de pet avec la bouche.

— Ch'ais pas, moi. Chuis pas physionomiste !

Il n'y a rien à en tirer : il a l'air d'un bovin sous tranquillisants. Je le laisse mâchouiller son chewing-gum et me précipite dehors : le perron est envahi de visiteurs faisant la queue, mais aucun visage connu. La voiture, qui était garée un peu plus loin dans la rue, a disparu. Je dois me rendre à l'évidence : je suis seule. Ils m'ont abandonnée.

Je ne comprends pas ce qui a pu se passer.

Comment Romuald a-t-il pu me laisser tomber ? C'est impossible ! Jenny a dû lui raconter quelque chose...

Si seulement je me souvenais du nom du restaurant dans lequel il comptait nous emmener, je pourrais peut-être les retrouver... Il l'a dit dans la voiture... Chachok ? Chadok ? Crok ? Impossible de me rappeler.

Je n'ai pas de téléphone. Pas de numéro où les joindre.

Je suis perdue.

Et il commence à pleuvoir.

J'ai vraiment le moral dans les chaussettes, mais il faut à tout prix que je me secoue. Ils m'ont abandonnée ? Qu'à cela ne tienne ! Je vais me débrouiller seule !

Il doit bien y avoir une station de taxis dans le coin. Je vais rentrer chez Romuald par mes propres moyens et les attendrai de pied ferme.

Bingo ! À cinquante mètres de là, je vois une enseigne lumineuse : « Taxi pour la vie ! On vous prend en charge 24 h/24 ! »

Me voilà sauvée !

— Que puis-je pour vous, ma bonne dame ? me demande un vieux monsieur en me voyant m'engouffrer dans la boutique, grelottante.

— Je souhaiterais un taxi pour Issy-l'Évêque, s'il vous plaît. Dans les plus brefs délais.

— Ça, ce n'est pas gagné ! répond-il en pointant le doigt vers l'écran de télévision posé dans un coin.

On y voit défiler des centaines, voire des milliers de personnes tenant des écriteaux : « Non à la réforme des professionnels de la route ! » Ils ont l'air très en colère... mais pas autant que moi.

— Quoi ? Ils sont tous en grève ? Tous ? Il n'y en a pas un qui a résisté ?

— Aucun.

— Et vous ? Ne pourriez-vous pas me conduire ? Je suis seule, je n'ai aucun moyen de joindre qui que ce soit !

Il secoue la tête.

— Désolé, mais je suis en pause. Et j'ai *Dallas* dans cinq minutes.

Malotru !

— Que faites-vous de votre promesse ? « On vous prend en charge 24 h/24 » ? C'est de la publicité mensongère, alors ? Si je voulais, je pourrais vous faire de la mauvaise pub !

— Faites donc, faites donc.

Il n'a nullement l'air inquiet. Comprenant qu'il ne sert à rien d'insister, je capitule.

— Vous pensez que je pourrais prendre un bus ?

— Il n'y a que très peu de liaisons entre Chalon et Issy-l'Évêque... Et ils font grève, eux aussi. Autant rentrer à pied ! Ça vous prendra... Hum, je dirais deux bonnes heures. Trois, si vous êtes lente.

— Mais... Mais... Je ne peux pas ! Il fait froid et je me suis foulé la cheville ! Allez-vous laisser une pauvre femme blessée marcher jusque chez elle ?

Il ne répond pas, ne m'écoute même plus : le générique de sa série a commencé. C'est de la non-assistance à personne en danger !

Mais je sens que rien ne le fera bouger. C'est une moule sur son rocher.

Je n'ai pas le choix. Je vais devoir rentrer à pied.

En sortant, je claque rageusement la porte et le voue à la damnation éternelle.

Il fait froid. Je souffre. Des rafales de vent me congèlent le bout du nez et des gouttes de pluie s'immiscent dans mon col, trempant ma nuque. Cette affaire va se finir en pneumonie. Je dois avoir parcouru trois kilomètres. Ça fait trente minutes que je marche sur cette route déserte en plein bois. C'est d'un glauque ! N'importe quel tueur fou pourrait se jeter sur moi, ni vu ni connu.

Maudite Jenny ! Maintenant, c'est décidé, c'est

la guerre entre nous. Pas de quartier. Je serai impitoyable. Je vais la massacrer. Je vais lui arracher les dents une à une. Je vais lui broyer les orteils. Je…

Une voiture arrive lentement, me tirant de mes réflexions. Machinalement, je tends le pouce. Pourquoi ne pas tenter l'auto-stop ? Peut-être que le conducteur est un malade qui me fera souffrir l'enfer avant de me zigouiller, mais tant pis : au moins, je n'aurai plus froid.

La voiture ralentit… ralentit… et s'arrête.

Chouette !

La vitre descend : je m'appuie contre la portière, prête à balancer mon histoire.

C'est alors que je vois… Claudette, la nounou d'Eliott !

Sauvée !

7. OÙ, À LA FAVEUR D'UNE PLAYLIST DES ANNÉES 1990, ON DANSE LA *MACARENA*...

— Claudette ! Vous ne pouvez pas savoir à quel point je suis heureuse, ravie, enchantée de vous voir ! Vous êtes mon sauveur !

Je suis prête à lui baiser les pieds.

Tout en la bénissant, j'ouvre la portière. Ou plutôt, je tente de l'ouvrir, mais n'y parviens pas.

Ma vie est une éternelle mise à l'épreuve, on dirait.

Qu'est-ce qui se passe encore ? J'ai vraiment un mauvais karma, moi, aujourd'hui !

Claudette ne dit rien. Elle ne fait pas un geste pour m'aider et se contente de me regarder. Peut-être est-elle un peu lente à la comprenette ?

— Il faudrait que vous m'ouvriez ! dis-je en articulant distinctement chaque syllabe. Je crois que c'est fermé !

J'appuie ma déclaration en pointant du doigt le bouton d'ouverture automatique, mais elle secoue la tête farouchement.

— Je le sais bien que c'est fermé ! Je ne suis pas née de la dernière pluie, ma p'tite mère ! Hors de question que vous montiez tant que je ne saurai pas ce que vous fichez sur cette route toute seule. Vingt dieux, vous êtes toujours là où il ne faut pas, vous ! Hier, chez mon Charlot. Aujourd'hui, en pleine campagne. Qu'est-ce que vous fabriquez, bon sang de bonsoir ? Vous n'êtes pas censée être avec le Roro ?

Charmants surnoms pour des hommes virils !

— Je vais tout vous expliquer, mais par pitié, ouvrez-moi ! Il fait si froid !

J'ai beau l'implorer, elle refuse, croisant les bras sur sa grosse poitrine.

Quelle carne !

— Allez ! Action, jeune gourgandine ! Et on ne va pas y passer la nuit, je vous préviens !

Je ne la ferai pas céder, c'est sûr.

Me voilà donc partie dans une explication détaillée de mon emploi du temps : la promenade nocturne, l'invitation à boire du thé, la visite du musée, l'infâme trahison de Jenny... Je suis littéralement trempée, mais tant pis : je me donne à fond. Malgré son côté bourru, j'ai finalement affaire à une auditrice sensible : elle ponctue mes aventures de « haaa ! » et de « hooo ! » compatissants. Je me sens soutenue : c'est tellement bon ! Parfois, une voiture nous dépasse en klaxonnant. Il faut dire que Claudette a encore des progrès à faire pour se garer sur le bas-côté.

— Cette Jenny... Sacrée chipie ! Si vous voulez mon avis, une bonne torgnole lui remettrait les idées en place !

— On est bien d'accord ! J'en rêve ! Mais si vous saviez... Elle est terrifiante. Et elle dit qu'elle connaît du monde, des gens dangereux. Qu'est-ce que ça signifie, d'après vous ? Vous croyez qu'elle appartient à la mafia russe ? Ou qu'elle est chef de gang peut-être ? Je suis prête à me venger, mais je n'ai pas envie de me faire tuer ! Enfin...

Je soupire pathétiquement et, sentant mes pieds faire « *splash-splash* » dans mes escarpins, retente le coup.

— Est-ce que je peux monter, maintenant, s'il vous plaît ?

— Allez, d'accord. Monte, mon lapin.

À vue de nez, je suis remontée en flèche dans son estime, même si j'ai vaguement l'impression que je lui fais pitié.

Le chauffage est poussé au maximum : je ne sens plus mes orteils, claque des dents, mais revis, une fois assise à l'intérieur.

— T'as pas l'air bien vaillante, la p'tiote. Tiens, mange ça !

Elle attrape un énorme saucisson à l'arrière, dégaine un canif et me coupe une généreuse tranche.

— Vous vous baladez tout le temps avec ça ? C'est votre... heu... goûter ?

— Bien sûr que non ! Je vais chaque semaine à Chalon en acheter. Aujourd'hui, c'est jour de marché : tu as eu de la chance de me trouver !

Je suis affamée. Pas étonnant : il est déjà 15 heures ! Je n'ai pas mangé depuis ce matin et salive comme une dingue. Quand je croque dans ma tranche, mon bonheur est complet.

Nous voilà toutes les deux parties, elle, le nez collé au pare-brise comme pour mieux y voir, moi, dévorant mon repas inattendu.

— Ce soir, je garde Eliott. Mon Charlot m'a dit que le Roro l'a invité à manger. Vous y serez, je suppose ?

— Bien sûr, oui ! J'ai... J'ai hâte de le revoir.

Je ne vais pas lui avouer que nous sommes en froid : elle a l'air de l'adorer. Elle serait capable de me jeter hors de la voiture (sans mon saucisson, qui plus est).

— Je vous comprends. Il est gentil, mon Charlot.

Le cœur sur la main ! Si vous saviez tout ce qu'il fait ! En plus de son travail, il est bénévole dans un centre d'hébergement. Et il est toujours là pour moi. Il passe me voir tous les deux jours. J'ai beau lui dire de s'occuper de lui, de se trouver une bonne femme qui lui préparerait des p'tits plats, rien à faire !

L'homme parfait, en somme. Sortez les banderoles !

À l'entendre, ce n'est pas le genre de type qui vous ferait payer l'entrée au musée.

— Et vous le gardiez quand il était petit ?

— Oh oui ! Il n'en ratait pas une, croyez-moi ! J'ai bien failli devenir chèvre plus d'une fois !

Concernant son favori, elle est intarissable : j'ai droit à l'intégrale des folles péripéties du petit Charles. J'apprends notamment qu'il a déposé un lapin en haut d'un toit, fait le tour du village tout nu et uriné dans le bénitier de l'église.

Je suis impressionnée par tant d'inventivité : il avait l'air fun, autrefois !

— Il a été marié longtemps ?

— Non... Ça n'a pas duré. Elle était gentille, la Claudia, mais si vous voulez mon avis, il n'y avait pas l'étincelle de la passion entre eux, pas comme entre mon René et moi, par exemple.

Elle vante ensuite les mérites de son mari jusque chez Romuald.

C'est beau, l'amour !

— Bon. Ma p'tite, je vous laisse là. Ce n'est pas tout, mais j'ai un civet sur le feu, moi. Et courage avec l'autre dinde ! Rabattez-lui son caquet !

Après l'avoir chaleureusement remerciée, je pénètre dans le jardin : une partie des caravanes a mis les voiles. Étrange.

Lorsque j'entre dans la maison, il n'y a personne. Tant pis... Tant mieux... Je n'ai qu'une envie : me changer et me coucher. Je claque des dents et commence à renifler sérieusement. Le rhume me guette.

L'envie de fouiller la chambre de Jenny me traverse l'esprit, mais je n'en ai pas le courage.

Je me déshabille, me jette sur le lit et plonge dans un sommeil lourd.

Lorsque je me réveille, trois heures plus tard, je constate que je suis toujours seule. Romuald et Jenny prennent leur temps et ne se soucient guère de moi...

Je décide d'appeler Amélie. Ça me fera du bien. La conversation avec Claudette m'a remonté le moral, mais pas au point de danser la gigue en culotte.

Dès que j'allume mon portable, il clignote de mille feux : j'ai au moins cinquante appels en absence et trente textos non lus, mais je ne m'attarde pas. Entendre la voix de ma grande amie, me plaindre un peu et rire un bon coup : c'est tout ce dont j'ai besoin à cet instant. Elle décroche à la première sonnerie.

— Enfin, Anna ! Tu exagères ! Je t'ai appelée une bonne vingtaine de fois ! Qu'est-ce que tu foutais ? On s'inquiétait !

— Oui, je sais, excuse-moi. Écoute, ce n'est vraiment pas à la hauteur de mes attentes, ce séjour. Enfin, non pas que j'eusse des attentes, mais bon... C'est assez affreux. Il fait froid, je me suis trouvée toute seule dans un musée de cire, j'ai dû rentrer à pied... Jenny, ma concurrente, est épouvantable... Je me suis disputée avec le voisin...

— Anna, je t'entends mal ! Qu'est-ce que tu as dit ? Tu fais des poupées de cire ?

— Non ! Tu m'entends mieux, là ?

— Un peu...

— Je te disais que c'est affreux ! Je n'en peux plus ! Avec Jenny qui veut me tuer...

— Quoi ?

— Jenny veut me tuer !

— Anna ? Anna ? Je ne t'entends pas !

Soudain, la communication est coupée. Plus de batterie. Je fouille frénétiquement mes affaires.

Non... J'ai oublié mon chargeur !

Je suis en train de vider ma valise de fond en comble, quand j'entends les rires de Romuald et Jenny. Ils sont rentrés ! Enfin !

Et... ils rient.

Romuald n'a pas l'air très affecté par mon absence. On dirait même qu'il a passé un excellent après-midi.

Je les rejoins rapidement, prête à en découdre avec Jenny.

— Ah ! Tu es là, Anna ! s'exclame Romuald en me voyant. Alors, cet après-midi avec ta copine Manu ? C'était bien ? C'est fou de tomber sur une amie d'enfance, comme ça, dans les toilettes d'un musée ! Jenny m'a raconté que tes parents l'ont accueillie un certain temps chez vous parce qu'elle avait des soucis familiaux. Je comprends que tu aies eu envie de la retrouver et de passer un peu de temps avec elle !

Je suis à la fois stupéfaite, outrée et... ma foi... impressionnée par le talent d'affabulation de Jenny.

Elle se tient légèrement en retrait. Quand je la regarde, elle articule silencieusement un message, que je comprends pourtant parfaitement : « Tu parles, je te TUE ! »

Je repense à sa menace. Imagine les châtiments qui me guettent... Ma motivation vacille, mais il faut que je sois forte. Que je fasse éclater la vérité...

— Romuald, je...

Je ne peux m'empêcher de jeter un coup d'œil à

Jenny. Discrètement, elle mime le geste d'une décapitation.

C'est une démente ! Quelle horreur ! Je suis sûre qu'elle serait capable de m'égorger dans mon sommeil. Vais-je prendre le risque de tout avouer à Romuald ? Je tiens à la vie, moi ! Mais je dois le faire ! Allez ! Allez ! Courage !

— Heu... Oui, c'était formidable.

Mi-na-ble...

— Tu nous as manqué ! Mais je suis heureux que tu aies passé un bon moment. Vous êtes bien rentrées ? Tu as pu lui indiquer la route sans problème ?

— Bien sûr... Je la connais par cœur...

Je n'en suis plus à ça près.

— Bon, les filles, ce n'est pas tout, mais il est déjà presque 19 heures et Charles va bientôt arriver. Je vais préparer le repas. Tu me donnes un coup de main, Jenny ? On prépare ce dont on a parlé tout à l'heure ? En plus, ce soir, c'est relâche ! Staton a rappelé son cameraman.

Je me sens complètement exclue. Mais ce n'est pas plus mal : au moins, je n'ai pas à supporter la vision de Jenny cuisinant à la perfection, chatouillant Romuald, minaudant bêtement...

Je tourne un peu en rond dans le salon et avise alors la grande carafe de mojito que Romuald vient de déposer sur la table basse.

— Romuald ? Je peux me servir un verre ?

Pas de réponse. Je prends ça pour un oui.

Hum ! Le cocktail est dosé à la perfection : on ne sent même pas l'alcool. Il se boit comme du jus de fruits ! Je finis rapidement mon verre et m'en sers un deuxième : j'en ai bien besoin pour digérer ma lâcheté et affronter Charles.

À 19 heures pétantes, on sonne à la porte.

Charles… Comment va-t-il se comporter avec moi ? Il sera bien obligé de donner le change pour ne pas éveiller les soupçons… N'empêche, croiser son regard va être une épreuve.

— Anna, tu peux ouvrir, s'il te plaît ? lance Romuald de la cuisine. Nous avons les mains dans le four ! J'arrive tout de suite !

Mon deuxième verre est déjà vide.

J'ai les jambes qui tremblent, mais me dirige vaillamment vers l'entrée. Merci, mojito, tu me donnes du cœur à l'ouvrage.

Lorsque j'ouvre, on me fonce dessus. J'ai le souffle coupé et sous l'effet du choc, je tombe en arrière. Deux petits bras m'enserrent alors violemment.

— La gueuse !

Eliott ?

Qu'est-ce qu'il fait ici ?

Il va cracher le morceau à propos de la soirée d'hier, c'est sûr !

Mais à quoi pense Charles ?

— Dis ! T'es vachement jolie quand t'es propre !

La vérité sort de la bouche des enfants : je suis flattée.

— Qu'est-ce qu'il dit ? Vous vous connaissez ? demande Romuald derrière moi.

Je ne l'ai pas entendu arriver.

Je me tourne vers lui, ne sachant que dire, mais Charles intervient.

— Absolument pas. Eliott a attrapé une bronchite : il est sous cortisone et depuis, il délire complètement. Il est surexcité. Je lui ai dit que tu recevais deux amies chez toi : il est persuadé que l'une d'elles est une mendiante… Va savoir pourquoi !

Et il paraît que c'est moi la menteuse !

— Mais…, tente de protester Eliott.

— Eliott, ça suffit. Je t'ai promis que tu pouvais faire un bisou à Romuald, c'est tout ! Allez ! Retourne dans la voiture : Claudette t'attend.

Mécontent, Eliott embrasse Romuald et ressort en traînant des pieds.

Affaire rondement menée.

Je me tourne vers Charles qui me fait un clin d'œil. Il n'a plus l'air en colère. Peut-être regrette-t-il son comportement de ce matin ?

— Bonjour, dit alors une voix suave derrière lui.

— Viens, Emmanuelle ! Je te présente Romuald, un ami de longue date, et Anna, son invitée.

La femme qui entre est tout bonnement parfaite. Elle a de longs cheveux noirs soyeux, elle est svelte et possède de merveilleux yeux bleus très doux.

À filer un complexe à Kate Moss.

Qui est-ce ? Charles a une petite amie ?

Il aurait pu me le dire, tout de même.

Un pincement de jalousie m'étreint : pourquoi suis-je condamnée à être entourée de filles aussi belles que le jour ?

— C'est chouette de te voir avec quelqu'un, Charles ! s'enthousiasme Romuald. Je suis enchanté, Emmanuelle ! Passons dans le salon... Jenny nous attend.

Emmanuelle lui emboîte le pas. Quand elle marche, on dirait qu'elle glisse. Elle a la grâce d'une danseuse. Du sang de déesse coule dans ses veines, c'est certain.

Je ralentis le pas pour me retrouver à la hauteur de Charles.

— Enfin... À quoi pensais-tu en emmenant Eliott ici ? Il aurait pu flinguer mon histoire !

— Ah oui ? Et qu'est-ce que tu as raconté, au fait ? Je serais curieux de savoir ce que ton esprit débordant d'imagination a créé, cette fois-ci !

Je ne sais pas s'il me taquine ou s'il me lance une pique : son visage est impassible, insondable.

Sans un mot, il me dépasse et va rejoindre sa compagne.

Une fois que nous sommes installés, il nous sert un verre. J'accepte avec gratitude.

Entre Jenny qui me lance des œillades meurtrières, Charles qui m'ignore et Emmanuelle qui m'impressionne comme le Messie, je me sens mal à l'aise. Je me contente donc de siffler ma boisson silencieusement, laissant Romuald entamer la conversation.

— Alors, Emmanuelle… Sans vouloir vous faire subir un interrogatoire en règle, que faites-vous dans la vie et comment avez-vous connu Charles ?

— Je suis chirurgienne. Neurologue, plus précisément. J'ai rencontré Charles à l'hôpital : je faisais la queue à la cafétéria quand le mari d'une patiente est venu me poser des questions, à propos d'une intervention que je devais pratiquer sur sa femme l'après-midi. Je lui avais déjà tout expliqué le matin même et ça n'en finissait pas. Charles est venu faire diversion. Il m'a sauvée en quelque sorte, conclut-elle avec un rire cristallin.

My God ! En plus d'être canon, elle est supra intelligente. Neurologue ! Sérieux ?

— Et vous, que faites-vous ?

Jenny regarde ailleurs. Il est clair qu'elle n'apprécie pas la nouvelle venue. Elle a peur qu'elle lui fasse de l'ombre, c'est net. Sans se démonter, Emmanuelle se tourne alors vers moi. À côté de son job prestigieux, mon activité me paraît complètement futile.

Pour me donner du courage, je me ressers un verre (j'ai déjà fini l'autre).

— Moi ? Je crée des colliers pour chiens…

Jenny pouffe.

— Ah oui ? souligne Emmanuelle gentiment. C'est tout à fait passionnant ! Vous avez votre ligne ?

— Oui, les colliers Ouaf-Ouaf.

— J'aurais tellement aimé avoir un métier créatif ! Malheureusement, mes parents m'ont pratiquement forcée à faire des études de médecine... Cela dit, je ne me plains pas. J'aime mon boulot !

— Ça, c'est sûr ! acquiesce Charles. Parfois même trop ! Tu es tout le temps fourrée à l'hôpital.

Ils ont l'air de bien se connaître, dis donc ! Est-ce qu'ils sont ensemble ? Et si oui, depuis combien de temps ?

Emmanuelle lui coule un regard tendre.

Jenny, quant à elle, enfourne un petit-four dans la bouche de Romuald.

Je me sens de trop, mais curieusement, je ne suis plus du tout gênée : une douce chaleur m'envahit depuis deux minutes... Ce mojito est vraiment parfait ! Plus on en boit, plus on se sent en phase avec la vie.

— À table ! lance alors Charles avec entrain.

Je me ressers un dernier verre pour la route et trébuche contre la table basse en me levant. Ouh là ! Ça tangue ! La faute aux mojitos ? Impossible ! Je n'ai bu QUE quatre verres ou... peut-être cinq, je ne sais plus. Non... Ça doit être à cause du rhume que j'ai attrapé cet après-midi : les oreilles bouchées, ça provoque des troubles de l'équilibre, c'est bien connu.

En tout cas, personne ne m'a vue. Tout va bien. Je reprends contenance et me dirige vers la table. Je dois me concentrer un peu, mais je gère. Je maîtrise.

Romuald et Jenny trônent en bout de table. Charles et Emmanuelle sont en face de moi.

Un silence s'abat sur l'assemblée. Personne ne sait quoi dire.

C'est quoi cette ambiance mortuaire ? Il faut y

remédier de toute urgence ! Je ne sais pourquoi, mais j'ai un puissant regain d'énergie et une folle envie de m'amuser.

— Si on mettait un brin de musique ?

Emmanuelle acquiesce.

Elle est cool, cette fille ! Je l'aime bien. Je sens qu'on pourrait devenir de grandes copines, toutes les deux. On organiserait des soirées pyjama, on se ferait des masques d'argile, elle me donnerait plein de conseils pour avoir de beaux cheveux...

Je réquisitionne l'ordinateur de Romuald, me connecte sur mon compte Deezer et opte sans hésiter pour ma playlist « Soirée de foly ». Ouaiiiiis ! Premier titre : la *Macarena*. J'espère que ça va les décoincer !

Me déhanchant légèrement, j'empoigne la bouteille de rouge.

— Allez ! On boit un petit verre !

Emmanuelle me sourit. Je sers une tournée générale. Le vin est tout bonnement excellent. Et hop ! Cul sec !

— Tu n'as pas trouvé mieux ? chipote Jenny. On écoutait ça il y a dix ans au moins !

— Mais oui ! dit Emmanuelle. Je me souviens ! Il y avait même une chorégraphie !

— Exactement ! rétorqué-je en battant des mains.

Enfin une qui comprend la beauté de la *Macarena* !

— Vous vous en souvenez ? Moi, je la connais encore par cœur !

— J'avoue que j'ai oublié..., répond Emmanuelle.

Je sens du regret dans sa voix. Qu'à cela ne tienne : démonstration !

Allez ! C'est parti ! En piste !

« *Dale a tu cuerpo alegria macarena... Que tu cuerpo es pa darle alegria y cosa buena...* »

Youhou ! Et hop ! Mains en avant ! Et hop ! Mains

sur la tête ! Yeahhhh ! Roulement de hanches ! Petit saut sur le côté !

Je m'éclate. Cette soirée est géniale : j'ai l'impression d'être une danseuse étoile !

Quand la chanson se termine, je me tourne vers mon public. Romuald et Jenny me regardent sans un mot, pantois. Je comprends leur stupéfaction : ma prestation était impressionnante. Charles sourit, amusé. Se moque-t-il de moi ? Impossible : j'ai été trop bonne. Emmanuelle se met à applaudir sans réserve. Voilà ! Une enfin qui reconnaît mon talent ! J'ai déjà dit que je l'aimais, cette fille ?

— Je vais te faire un bisou, à toi !

Je l'étreins et en profite pour sentir son parfum. Hum, c'est bon ! C'est ma copine, cette nana-là. Je l'aime.

— Allez, on trinque !

Il faut toujours s'hydrater après l'effort.

— Heu... bon... Je vais chercher les plats, dit Romuald en se levant.

Ce qu'il a l'air sérieux !

Soudain, j'ai la tête qui tourne. J'en suis à combien de verres ? Un, deux, trois, quatre... Je ne sais plus... Mais je m'en fiche ! Je m'amuse tellement ! La vie est une fête !

Romuald revient et place devant nous de magnifiques assiettes de lasagnes. En vérité, je n'ai jamais vu d'aussi belles lasagnes de ma vie. Romuald est le dieu des lasagnes.

— Romuald, tes lasagnes sont diiiiiivines !

— Merci, Anna ! Au fait, Charles, Jenny et moi avons mangé au Kriko aujourd'hui. Tu me l'avais conseillé et, effectivement, c'était délicieux.

— Anna n'était pas avec vous ?

— Non. Elle a rencontré une amie d'enfance qui l'a kidnappée pour l'après-midi. C'est fou, hein ?

— Complètement fou, oui, répond Charles en me lançant un regard inquisiteur.

Il va encore croire que je mens, mais tant pis ! Ça me passe vraiment au-dessus ! Je me sens bien. Je flotte un peu et bouge la tête au rythme de *La Bamba* quand, soudain, une idée géniale me traverse l'esprit : et si je taquinais un peu Jenny ? Elle l'a bien mérité, après tout !

— Oui, j'ai été vraiment prise au piège par cette... heu... *amie.* Elle m'a coincée et n'a plus voulu me lâcher... Cette *amie* fait vraiment peur quand elle s'énerve : une grosse grosse grosse veine gonfle sur son front et...

Jenny fait mine de ne pas s'intéresser à ce que je dis, mais elle tapote la table nerveusement.

C'est jouissif ! Il faut que je continue !

— Je pense que, si je n'avais pas accepté, cette *amie* aurait été capable de me prendre par le col et de me menacer... Voire de me tuer !

Romuald se gratte la tête, perplexe. Emmanuelle sourit toujours, mais, visiblement, me croit folle. Quant à Charles, il est toujours immobile, sans expression : une statue. Une statue assez sexy, cela dit ! Je ne l'avais jamais vu sous cet angle. Quand je plisse les yeux, il ressemble à Russell Crowe dans *Gladiator.* Sans le pagne. Mais quand même !

— Alors, Charles..., minaude Jenny, s'empressant de changer de sujet. Vous ne travaillez pas, ce soir ?

— Effectivement. Je ne serais pas là, sinon...

Ah !

Il est froid avec elle ! Merveilleux !

Elle ne trouve rien à répondre. Il lui a coupé la chique ! Cet homme remonte dans mon estime. Il remonte, remonte, remonte... comme la première bouchée de lasagnes que j'avale. Glurps. Je déglutis péniblement.

— Romuald chouchou ! continue Jenny, se désintéressant totalement de Charles. Raconte-leur un peu notre formidable visite de la chocolaterie cet après-midi !

S'ensuit un interminable récit à deux voix, l'un complétant les phrases de l'autre.

J'en profite pour boire deux verres de vin, mais lorsque je plante ma fourchette à côté de l'assiette, je commence à me dire que je dois être légèrement soûle. Enfin, « soûle » est un bien grand mot. Je suis gaie. Pompette. Je supporte bien l'alcool. Allez, un petit dernier pour la route et j'arrête, promis, juré.

— Moi, je n'aime pas le chocolat. J'aime le rooibos.

Oups !

J'ai lâché ça sans même m'en rendre compte, au milieu d'une tirade de Romuald. Je croyais que je pensais, mais non. Apparemment, j'ai dit ça à voix haute, et ma remarque est tombée comme un cheveu sur la soupe, vu que tout le monde me regarde sans rien dire. Enfin, presque.

— Tiens ! C'est drôle ! fait Romuald. Charles aussi adore !

— Je le sais, figure-toi que...

AÏE ! Un violent coup de pied sous la table m'arrache un gémissement de souffrance. J'en pleurerais presque. Pourquoi tant de haine ?

Je prends alors conscience avec horreur que j'ai gaffé. C'est Charles qui me martyrise ! Quelle brute épaisse ! Cependant, il a raison de me faire taire, il faut absolument que je la boucle.

Romuald me lance un regard interrogateur.

— Je le sais... Heu... Parce qu'il me l'a dit quand il est venu manger.

Beau rattrapage.

Je secoue la jambe pour atténuer la douleur. Quand même ! Il aurait pu y aller plus doucement ! J'en conserverai peut-être des séquelles à vie. Sale bonhomme !

Tiens, prends ça !

Je lui balance un coup de pied revanchard.

— Aïe ! crie Emmanuelle.

— Oh ! Je suis désolée ! Excusez-moi... P... Pardon, pardon.

Je me suis trompée de victime. Et elle a l'air d'avoir mal. C'est vrai que je n'y suis pas allée de main morte.

— Pourquoi vous m'avez frappée ?

— Heu... Heu... J'ai un toc ! J'ai un toc... et... tous les soirs... ma jambe part toute seule en avant. Je suis tellement désolée ! Je prends du... mojito... Heu... Non, ce n'est pas ce que je voulais dire... Heu... du magnésium pour atténuer... Atténuer les crises, mais fa... Ça ne fonctionne guère.

Je prends un air compassé pour parfaire mon énormité.

Charles lève les yeux au ciel et Romuald me regarde avec pitié.

Merde...

Je DOIS me taire : ma langue est pâteuse et j'ai un mal fou à articuler. Mais je suis CERTAINE qu'ils ne s'en sont pas rendu compte. La vache ! C'est traître, quand même, le mojito !

— Ce n'est pas grave, assure Emmanuelle.

Ses yeux sont humides de larmes, mais on ne peut pas dire qu'elle est rancunière. Quelle classe !

Je me remplis un grand verre d'eau. Stop le vin :

je commence à voir double. Je décide de faire profil bas pendant un petit quart d'heure.

Romuald sert maintenant le dessert. Déjà ? Je n'ai pas vu le temps passer. J'ai dû somnoler.

Soudain, son portable sonne. Il le saisit, y jette un coup d'œil et l'éteint. Je me réveille instantanément.

— Dis, le Roro ! Comment se fait-il que chaque fois que ton phélét... téléphone sonne tu l'éteignes ?

Oh non ! J'ai encore pensé à haute voix. Je mets la main devant la bouche pour stopper le déferlement, mais c'est impossible : c'est comme si mes lèvres refusaient de m'obéir.

— Ben oui, c'est vrai, quoi... Et la der... dernière fois que tu as répondu, tu avais l'air très évern... heu... énervé !

Romuald blêmit, mais se reprend et réplique sèchement :

— Pas du tout. C'est juste que je ne veux pas passer mon temps au téléphone quand vous êtes là.

— Ah oui ? Mais...

— Anna, je pense que tu as légèrement forcé sur le vin ! ajoute-t-il avec un brin de condescendance.

— Ce qu'elle est lourde... C'est pas vrai ! gronde Jenny. Tu veux pas lui foutre la paix ? L'alcool ne te réussit pas, ma pauvre Anna ! Rien ne te réussit, de toute façon !

— En tout cas, même soûle, elle reste plus agréable que vous, c'est certain !

Je rêve ! C'est Charles qui a parlé !

Mon chevalier en armure blanche !

Pour la peine, je lui souffle un baiser à travers la table et lui pardonne instantanément son coup de pied.

— Mais c'est vrai que les appels de Romuald ne te regardent pas, continue-t-il sévèrement.

Mon sourire s'efface. Je me disais bien aussi...

Plus personne ne sait comment enchaîner.

La Salsa du démon passe en fond sonore. J'esquisse quelques mouvements : j'adoooore ce morceau ! Ce qu'ils sont coincés ! Pas un pour me suivre...

Un quart d'heure plus tard, une nouvelle sonnerie se fait entendre. Pour une fois, ce n'est pas pour Romuald. Emmanuelle fouille sa poche et en sort un petit biper noir.

— Je suis désolée, mais le devoir m'appelle. Je vais vous laisser.

Oh non ! Elle était si gentille !

Nous nous levons tous et quand je lui dis au revoir, je ne peux m'empêcher de lui caresser les cheveux : j'en ai envie depuis qu'elle a passé le seuil de la maison. Elle se laisse faire, légèrement surprise.

— Ouaaaah, ils sont tellement beaux ! Tu ressembles vrai... vraiment à princesse Sarah !

— Heu... Merci, Anna !

— Allez ! Un gros câlin et au boulot !

Je lui plante un énorme bisou sur la joue, lui claque la fesse et la laisse partir avec regret.

Ma copine !

Nous finissons nos assiettes tous les quatre. J'ai l'impression que le gâteau et les grands verres d'eau que j'avale me dessoûlent. Peu à peu, je reprends mes esprits. Je ne devais pas être si pompette que ça, finalement.

— Je vais faire du café. Je reviens, dit Romuald.

Bien sûr, Jenny l'accompagne : ils s'entendent comme deux larrons en foire, ces deux-là.

Resté seul avec moi, Charles me regarde avec un demi-sourire.

— Tu n'en rates pas une, toi, ce soir !

— Toujours là pour te s... servir ! dis-je, sur la défensive.

— Rassure-toi, je te trouve assez drôle ! J'ai particulièrement aimé ta chorégraphie !

— Merci ! Et... Merci aussi d'avoir mouché Jenny-la-veine.

— Jenny-la-veine ?

Il part dans un grand éclat de rire.

— De rien, Anna ! Tout le plaisir était pour moi !

— Et excuse-moi pour ce matin.

— Ce n'est pas grave. Moi aussi, je suis allé trop loin. Je ne pense pas que tu puisses gâcher tes chances avec Romuald malgré toutes tes pitreries. Je...

Il rougit, ne termine pas sa phrase, jette un coup d'œil en direction de la cuisine et ajoute avec un air de conspirateur :

— Tiens, je t'ai apporté ta dose !

Il sort de sa poche un paquet de rooibos.

Je ne sais que dire. C'est vraiment trop mignon !

J'ai presque envie de pleurer de gratitude. Je me lève et le serre dans mes bras.

— Je dirai que je m'en suis acheté cet après-midi : ce sera notre secret ! Merci, je suis très touchée !

Ça fait peu de temps que je le connais mais on peut dire qu'il me surprend constamment...

Après le café, Charles décide de rentrer. Lorsqu'il me fait la bise, il m'étreint brièvement les doigts. Ce que son contact est agréable ! Il a de grandes mains toutes chaudes !

Romuald, Jenny et moi débarrassons ensuite la table rapidement.

J'ai les idées à peu près claires, mais il est grand temps pour moi de me retirer. J'ai parfaitement conscience de m'être donnée en spectacle durant la soirée et j'en ai un peu honte. Heureusement que nous n'étions pas filmés !

— Je monte ! Je veux être en forme demain ! Bonne nuit à vous deux !

Bien sûr, Jenny ne me répond pas. Romuald m'embrasse rapidement et se tourne vers elle.

— Au fait ! Tu as dit que tu me montrerais ta trousse Indiana !

— Mais oui, c'est vrai. Viens... Elle est dans ma chambre.

Ben voyons !

Après tout, qu'ils fassent ce qu'ils veulent ! Ils me gonflent avec leur Indiana Jones !

Soulagée de leur échapper, je fonce dans mon lit. Tant pis pour le démaquillage. Je ressemblerai sûrement à un panda, demain, mais je prends le risque.

Seulement, une fois que je suis allongée, un mal de crâne abominable me saisit.

Vive l'alcool... Qu'est-ce qui m'a pris, de boire tous ces verres ?

Il faut que je trouve la force de me relever et d'aller à la salle de bains prendre un Doliprane.

Je m'extrais des draps avec difficulté et ouvre doucement la porte. Quand je sors dans le couloir, je vois deux formes dans l'obscurité, devant la chambre de Jenny. Deux silhouettes collées l'une à l'autre... Deux silhouettes qui s'embrassent.

Sans un bruit, je recule jusque dans ma chambre.

Pas de doute, il s'agissait de Romuald et Jenny.

8. OÙ L'IMPRÉVISIBLE ÉTAIT TELLEMENT... PRÉVISIBLE.

J'émerge du sommeil avec une légère nausée et une haleine de soufre.

Berk !

Je ne toucherai plus jamais une goutte d'alcool de ma vie, je le jure solennellement.

Les souvenirs de la soirée affluent dans mon cerveau embrumé : Jenny et Romuald, ensemble... C'était inévitable. Je suis agacée, mais, étrangement, ne ressens pas une once de jalousie. C'est surtout le fait que Jenny obtienne toujours ce qu'elle veut qui m'irrite au plus haut point.

Et Staton dans tout ça ? Que va-t-il en penser ? S'ils couchent ensemble, je serais surprise qu'il l'accepte. À moins qu'ils ne forment un couple libre ? Peut-être même qu'ils sont échangistes et souhaitent attirer ce pauvre Romuald dans leur toile luxurieuse... Ne devrais-je pas le prévenir, au péril de ma vie, avant qu'il finisse en slip et menotté dans leur lit ?

Je pèse le pour et le contre, mais rapidement, d'autres images m'accaparent...

Mon Dieu !

J'ai dansé la *Macarena*.

Toute seule.

J'ai caressé les cheveux d'Emmanuelle...

J'ai bafouillé...

J'ai posé des questions plus qu'indiscrètes à Romuald...

Bref... J'ai *encore* été lamentable. Enfin, je ne suis pas seule responsable : les mojitos y ont été pour beaucoup.

Une seule chose me remonte le moral : Charles et sa petite attention. Quel homme charmant, quand il veut ! Je parie qu'Emmanuelle lui a mis le grappin dessus.

Mais qu'est-ce que ça peut bien me faire, après tout ? Ce ne sont pas mes affaires.

Je me tourne mollement vers le réveil. 11 heures ! Déjà ?

Romuald n'est pas venu me réveiller avec le plateau du petit déjeuner, ce matin. Délicatesse de sa part ou bouderie à cause de mes remarques d'hier ? Je dois en avoir le cœur net.

Sans traîner, j'enfile la première tenue qui me tombe sous la main et, n'osant regarder mon reflet dans la glace, file en bas.

Personne.

Il n'y a personne. Quand je disais que ma vie était une éternelle mise à l'épreuve...

Mais prenons les choses avec philosophie. Ils me fuient ? Très bien. Je m'en moque. J'aime ma propre compagnie. Je m'aime tout court.

Je me prépare un bon rooibos et contemple le paysage par la fenêtre : il fait beau, enfin !

Je décide d'aller faire la crêpe au soleil sur un transat et lorsque je sors, une brise tiède m'enveloppe. Que c'est agréable ! Je savoure... Mais une fois sur la terrasse, je déchante : Jenny est là, se faisant bronzer sur une des chaises longues. Qu'à cela ne tienne ! Je dois de toute façon tirer l'affaire du baiser au clair.

— Salut, dis-je avec toute la courtoisie dont je suis capable. Romuald n'est pas là ?

Elle se tourne vers moi, soulève ses lunettes de soleil et me regarde comme si j'étais un déchet répugnant.

— Non. Il avait un client à rencontrer. Il sera absent toute la matinée. Alors, tu es bien rentrée, hier ? ajoute-t-elle avec un air mauvais.

— Tu n'imagines pas ! Je suis restée coincée dans les toilettes à peine une vingtaine de minutes, puis la femme de ménage m'a ouvert. Ensuite, un très charmant et très viril monsieur qui visitait le musée m'a proposé de me raccompagner. Il était absolument délicieux et m'a invitée d'abord à manger du caviar dans son hôtel privé. Sublime, l'hôtel, entre nous... On a énormément parlé, ri... Je n'ai pas vu le temps passer. Il voulait m'emmener faire du parapente, mais j'ai décliné : il m'a alors raccompagnée ici dans une de ses Ferrari. En fait, je te suis vraiment reconnaissante de m'avoir enfermée : tout ça n'aurait pas été possible sans toi. Merci. Merci, vraiment, Jenny.

Ben oui, quoi ! Je ne vais pas lui raconter mon calvaire ! Ça lui ferait trop plaisir.

Je me force à la gratifier d'un sourire radieux : je dois la jouer fine si je veux en savoir plus.

— Alors, hier soir, tu as montré ta trousse Indiana à Romuald ? Vous avez l'air de bien vous entendre !

Son visage est méfiant. Elle doit se demander pourquoi je suis si mielleuse.

— Bien sûr que nous nous entendons bien.

— Même plus que ça, non ?

— Hum...

Bon. Il va falloir lui forcer la main.

— Je vous ai vus vous embrasser.

— Tu n'as vraiment que ça à faire, d'épier les gens en pleine nuit ? C'est fou ! Eh bien, oui ! Si tu veux tout savoir, nous nous sommes embrassés. C'était long... C'était bon... Ça t'étonne ? ricane-t-elle. Je pense vraiment que tu n'as plus rien à faire ici. À part si tu as envie d'être encore plus humiliée. Romuald est fou de moi. Il m'a embrassée comme aucun autre homme ne l'avait fait avant. Ça t'en bouche un coin, hein ?

— Je dois dire que... oui...

Cette voix...

Je pivote et aperçois Staton.

Il est arrivé comme un Sioux. Je ne l'ai pas entendu. J'en suis tout excitée ! Je sens que ça va chauffer !

Jenny se lève précipitamment. Son expression hautaine s'est effacée : elle est rouge comme une pivoine et semble sacrément embarrassée.

Jason s'approche d'elle : lui aussi a perdu son air d'homme d'affaires overbooké. Il est furieux et ne cesse de tripoter nerveusement les boutons de son gilet.

— Je n'y crois pas. Tu l'as fait ? Tu as osé ?

— Mais non..., répond Jenny d'un ton suppliant. Non !

— Arrête de me mentir. J'ai tout entendu. Tu n'es qu'une saleté de traîtresse ! Tu m'avais promis qu'il ne se passerait rien.

Bien envoyé ! Un point pour lui !

— Mon Jasounet, écoute-moi, je t'en prie ! Ce n'est pas ce que tu crois !

Elle pose la main sur son bras, mais il la repousse violemment.

— Ne me touche pas ! Tu as aussi couché avec lui, je suppose ?

— Non, non. Je te le jure ! Non !

— Tu mens ! crache-t-il, triturant tellement ses boutons qu'il en fait sauter un.

Je me régale. C'est encore mieux qu'au cinéma. Jenny en mauvaise posture, enfin ! Il y a donc une justice dans ce bas monde. Vive le karma !

Staton fait mine de partir, mais Jenny lui bloque le passage.

— Je t'en supplie, écoute-moi. Nous devons parler !

Il fait volte-face.

— Tu as raison, nous devons parler. Tu t'es bien servie de moi, hein ? Tu t'es dit que coucher avec un producteur t'ouvrirait les portes d'un brillant avenir télévisuel ? Je t'ai pistonnée pour que tu sois sélectionnée, pour que tu te fasses connaître... Parce que je t'aimais. Et je m'en mords les doigts ! Mais finalement, tu te retrouves le bec dans l'eau. Eh oui ! Tes rêves de gloire, tu peux t'asseoir dessus, Jenny ! Figure-toi que l'émission est déprogrammée ! Oui ! Déprogrammée ! L'audience est minable. Star 1 a même annulé la diffusion de l'émission. Il faut croire que tu n'as pas plus d'intérêt qu'un ver de terre microscopique !

Un rire diabolique le secoue. Dommage qu'ils se séparent : ils étaient vraiment faits l'un pour l'autre !

— Je m'en vais ce soir, continue-t-il. Et ne compte pas avoir de nouvelles de moi. C'est fini entre nous. *Adios*, ma caille. Tu vas devoir te trouver un autre pigeon pour percer dans le milieu !

— Attends, je t'en prie... Je t'en prie !

Je n'en crois pas mes oreilles ! Jenny pistonnée pour faire partie de l'émission ? J'étais donc *vraiment* le coup de cœur de Romuald ? Cela dit, ça n'a pas duré longtemps ! Certes, je ne me suis pas non plus montrée sous mon meilleur jour...

Enfin... Au moins, mes frasques pathétiques ne passeront plus à la télé.

L'émission est annulée. Annulée ! C'est donc pour

ça qu'une bonne partie des caravanes a quitté les lieux, hier... Pour ça que Staton n'a pas envoyé ses cameramen au repas !

— Je vais tout t'expliquer. Je t'assure que ce n'est pas ce que tu crois !

La voix de Jenny se fait implorante et elle s'accroche à la manche de Staton, mais il la repousse de nouveau et s'en va. Elle le suit, complètement affolée.

Il a l'air sacrément en colère. Est-ce qu'il l'aimait véritablement ?

Et elle ? L'a-t-elle seulement utilisé pour passer à la télé et se faire connaître ?

Je comprends enfin les raisons de sa présence. Mais peut-être s'est-elle un peu trop prise au jeu. Peut-être est-elle tombée amoureuse de Romuald.

Elle semble complètement abattue. Je me demande si c'est à cause de ses rêves qui viennent de s'envoler en fumée ou de cette dispute avec Staton.

J'en suis là de mes réflexions quand trois coups de klaxon troublent le silence.

Ce doit être Romuald.

Je sors dans la cour pour l'accueillir, et là...

Non, ce n'est pas possible. Les effets de l'alcool ne se sont pas atténués et je suis encore soûle.

Amélie est plantée devant sa petite voiture, avec son gros ventre qui lui remonte presque sous le menton.

Qu'est-ce qu'elle fait ici ?

Abasourdie, mais ravie, je me précipite vers elle et lui saute dans les bras.

— Amélie ! Ce que je suis contente de te voir ! Je n'en crois pas mes yeux !

— Tu es là ! Je suis tellement soulagée ! Tu es en vie !

— Quoi ? Mais qu'est-ce que tu racontes ? Bien

sûr que je suis en vie ! Pourquoi voudrais-tu qu'il en soit autrement ?

— Hier, au téléphone, tu as dit que tu voulais te tuer... Comme tu n'as plus répondu à mes appels ensuite, et qu'on t'a à peine vue à l'antenne... j'étais folle d'inquiétude ! Alors, j'ai décidé de venir.

— Je n'ai jamais dit que je voulais me tuer ! J'ai dit : « Jenny veut me tuer ! » La communication passait difficilement et tu as mal compris ! Il faudra que je te parle de Jenny, d'ailleurs. Mais... Et Pedro ? Il a accepté de te laisser partir, enceinte comme tu es ? Tu accouches dans quoi ? Deux semaines ?

— Pedro ne sait rien. Il a un chantier de deux jours à Lyon. Il n'aurait jamais voulu que je fasse la route. Je repartirai ce soir, ou demain matin, si ton beau prétendant veut bien m'héberger pour la nuit.

— Tu es complètement folle ! Complètement folle ! Mais je suis heureuse que tu sois là, tu ne peux pas savoir ! J'ai des milliards de choses à te raconter.

La journée s'annonce bien : Jenny jetée comme une vieille chaussette, ma meilleure amie en renfort, le beau temps revenu... Je ne peux rien souhaiter de plus !

Bras dessus, bras dessous, nous nous dirigeons vers la maison en riant.

Aucune trace de Jenny... Est-elle encore avec Staton ? Le supplie-t-elle de la pistonner pour une autre émission de télé ?

Après tout, qu'elle fasse ce qu'elle veut, ce n'est plus mon problème !

Installée confortablement sur le canapé, je raconte mes multiples mésaventures à Amélie qui m'écoute attentivement en se caressant le ventre. Une bonne heure plus tard, j'ai enfin terminé.

— Eh ben, dis donc ! Je suis consternée !

— Oui, je sais, j'ai été ridicule à plusieurs reprises...

— Mais non ! Je suis consternée que personne n'ait dansé la *Macarena* ! Excuse-moi, mais ils ne sont pas très fun, hein. Quoique Charles..., ajoute-t-elle avec un sourire espiègle.

— Quoi Charles ?

— Tu lui plais ! C'est évident !

— Mais non, voyons ! Il passe son temps à me reprendre comme une enfant !

— Justement ! Le coup du rooibos, c'est gros comme une maison !

— Et qu'est-ce que tu fais d'Emmanuelle ?

— C'est vrai. Mais tu les as vus s'embrasser ?

— Non.

— Se tenir la main ?

— Non.

— Alors ça m'étonnerait qu'ils soient en couple, rassure-toi !

— Mais je n'ai pas besoin d'être rassurée ! Charles ne m'intéresse pas ! Il a ses moments de gentillesse, c'est vrai. Il est beau, c'est sûr. Mais il est aussi assez prétentieux. Et le coup du Tu-gâcheras-tes-chances-toute-seule, c'était vraiment inacceptable, même s'il s'est excusé par la suite. Non, je t'assure, tu te fais des idées.

Amélie lève les yeux au ciel.

— Tu as remarqué que je te connais mieux que tu ne te connais ?

— Sur ce coup-là, tu te trompes, crois-moi. Mais parlons un peu de toi. Comment va ce bébé ?

— Super ! Et nous n'avons pas craqué : nous ne savons toujours pas si c'est un garçon ou une fille. J'ai eu ma dernière échographie hier : tout va bien.

Il sera là dans quinze jours. Pedro est comme un dingue, si tu le voyais !

— J'ai hâte de voir sa bouille et de le gâter comme pas permis, ce petit. Je serai une marraine indigne : je lui achèterai une tonne de bonbons, lui apprendrai à danser la *Macarena*...

— On fera en sorte qu'il apprécie cette chanson à sa juste valeur !

— Exactement ! Et quand il sera grand, je serai la première à l'amener en boîte...

Nous gloussons comme des folles, quand la porte d'entrée s'ouvre et se referme violemment. Je reconnais le pas caractéristique de Jenny. Elle semble très énervée : ses escarpins claquent fort fort fort contre le sol.

Elle déboule dans le salon, toujours rouge et l'air buté.

— C'est qui, celle-là ?

— Celle-là, c'est la copine d'Anna qui va te botter le cul, si tu ne t'adresses pas à elle correctement !

Jenny s'approche, sa veine saillant et un rictus déformant ses belles lèvres.

— Ah ouais ?

— Ouais, répond Amélie en se levant.

Elle marche vers elle jusqu'à coller son gros ventre contre elle.

— Je te garantis que mon ventre ne me gêne pas pour me battre. Championne 2001, 2002, 2003 de boxe américaine : tu ne m'impressionnes pas, ma petite. Alors, tu veux qu'on règle nos comptes ?

Amélie la pousse en arrière et prend une pose de sumo avant l'attaque. Elle est terrifiante, quand elle veut. Je suis admirative.

Jenny bafouille, veut répliquer quelque chose, puis

se ravise. Elle tourne les talons et monte l'escalier rageusement.

Mouchée ! Mouchée ! Encore une fois !

J'applaudis chaudement Amélie.

— Championne de boxe ? Où tu es allée pêcher ça ?

— Je ne sais pas ! L'inspiration du moment ! Je ne comprends pas que cette pimbêche t'impressionne ! Un coup de pied au cul et c'est fini !

— Tu sais bien que je suis lâche...

— Lâche ? Toi ? Absolument pas ! Tu as monté seule ton entreprise, tu as eu le courage de venir ici ! Arrête un peu... Arrête... Arrête... Arrête ! ! !

— OK, OK, j'ai compris, pas la peine de le répéter en criant : je ne m'autoflagellerai plus, promis.

— Pas toi ! Le bébé !

Amélie se plie en deux.

Je me précipite vers elle, complètement affolée.

— Quoi ? Quoi ? Quoi ? C'est grave ? Qu'est-ce que tu as ?

Je la prends par le coude et tente de la redresser. Peine perdue : elle pèse le poids d'un cachalot.

Je sens alors un liquide traverser mes Converse, baisse les yeux et vois une énorme flaque sur le sol. La lumière se fait dans mon esprit : Amélie a perdu les eaux ! Elle va accoucher !

Elle va accoucher... *ici* ! Sans que Pedro soit au courant !

— Non, non, non, Amélie. Tu ne peux pas accoucher maintenant ! Tu ne PEUX pas ! Retiens-toi, serre les jambes, fais quelque chose : je te ramène illico à Montpellier.

Je tourne autour d'elle sans savoir quoi faire. Je suis complètement affolée. Les clés ! Les clés de la voiture !

— Où sont tes clés de voiture ?

Amélie ne répond pas, ne bouge pas. Elle trône au milieu de sa flaque sans rien dire, fermant les yeux. Elle nous fait des respirations de yoga.

De yoga ! Comme si c'était le moment ! Je cours dans tous les sens, fouille le canapé, les poches d'Amélie. Où sont ces clés de malheur ?

— Les clés !

Ah, là... Sur le comptoir.

— Dépêche-toi ! En voiture !

— Non.

— Non ? Tu es devenue folle ? Améliiiiiie !

Je la secoue pour la sortir de son délire de détente new age, mais elle m'attrape par les épaules, m'obligeant à la regarder.

— Caaaalme-toi, Anna. Respiiire.

Non, mais je rêve ! Elle a perdu la tête en même temps que les eaux ou quoi ?

— J'ai besoin de toi. Alors il faut à tout prix que tu reprennes tes esprits.

OK. OK. Je me calme. Je respire. Un. Deux. Un. Deux.

— Ça va mieux ? Bon... Aaah !

Elle se plie de nouveau en deux, en proie à une douleur qui a l'air abominable. C'est affreux. Jamais de ma vie je ne ferai de bébés.

— T... Tiens... P... Prends mon téléphone, appelle Pedro et dis-lui la vérité. Je vais m'allonger un moment, dit-elle en se dirigeant lourdement vers le canapé.

Alors que je cherche le numéro, Jenny fait irruption dans le salon. Comme si c'était le moment !

— C'est quoi ce raffut ? Il y en a qui aimerait se reposer !

C'en est trop. Je vais la tuer ! Je m'élance vers elle et lui agrippe les cheveux. Je tire et la fais ployer jusqu'à ce qu'elle se retrouve à genoux. Je ne sais pas pourquoi, mais mes forces me semblent décuplées.

— TU VAS ARRÊTER DE NOUS FAIRE CHIER À LA FIN, SALE VEINE ! ! !

Elle ne s'attendait pas à tant de hargne de ma part. Elle me lance un regard terrifié. C'est jouissif. Je ferais ça pendant des heures, si je n'étais pas aussi pressée. Je l'oblige à se relever et lui donne un coup de pied aux fesses qui la renvoie dans le couloir. Elle se tourne vers moi, ébahie, et gonfle les joues. Je crois qu'elle va exploser, mais je ne lui en laisse pas le temps.

— DÉGAGE !

Lui claquant la porte au nez, je me concentre de nouveau sur le téléphone. Pedro, Pedro, Pedro. Voilà ! Il décroche rapidement.

— Allô, Pedro ? C'est moi, Anna !

— Salut, Anna ! Tu vas bien ? Alors, cette émission ? Tout roule ? Je ne suis pas avec Amélie, là...

— Normal, Pedro. Amélie est avec moi.

— QUOI ?

— Je te jure que je n'y suis pour rien ! Hier, je l'ai appelée : elle a mal compris un truc, elle a cru que je faisais une dépression, que j'allais me suicider... Et ce matin, elle s'est pointée en Bourgogne.

— QUOI ?

— Attends, je n'ai pas fini. Elle a perdu les eaux.

— QUOI ?

C'est tout ce qu'il trouve à dire ? Les hommes et leur sens de la repartie...

— Vous êtes deux imbéciles ! Je te préviens, elle n'a pas intérêt à accoucher avant que j'arrive : débrouille-toi. Qu'elle tienne jusqu'à ce que je sois là. Emmène-la à l'hôpital le plus proche et textote-moi immédiatement l'adresse. J'arrive aussi vite que je le peux.

Il raccroche.

— Alors ? me demande Amélie en grimaçant de douleur. Il est en colère ?

— Non, non, non, absolument pas ! Il est... heu... ravi que tu accouches ici, au contraire. Il dit que c'est une région merveilleuse pour naître : les vins, les bons petits plats... Tu vois, quoi ! Ne t'inquiète pas. Il arrive bientôt.

Elle pousse un soupir de soulagement.

— Je vais te conduire à l'hôpital. Je connais la direction, je suis passée devant hier. Allez, courage ! Je vais t'aider.

Nous atteignons la voiture à pas de tortue. Elle s'appuie de tout son poids sur moi. La vache ! Elle pèse une tonne.

Sur la route, à deux reprises, elle se recroqueville de souffrance. Elle est blême. Je dois dire que je suis un peu inquiète. J'ai vu des accouchements à la télévision : certes, les femmes souffrent, mais elles ont toujours le temps de sortir une petite phrase marrante pour détendre l'atmosphère. Le calme dont Amélie a fait preuve jusqu'à maintenant semble s'effriter et elle regarde droit devant elle avec une expression angoissée.

Pourvu qu'elle n'accouche pas dans la voiture...

J'allume la radio pour faire passer le temps et Keen' V se met à brailler dans le poste.

— Éteins-moi cette merde ! Éteins-moi cette meeeeerde ! hurle Amélie.

D'accord ! D'accord ! Je ne moufte pas et obéis. Elle est d'une humeur massacrante et c'est dans un silence tendu que nous effectuons les derniers kilomètres qui nous séparent de l'hôpital. Lorsque nous arrivons, je me gare sur le parking dans un crissement de pneus, dans le plus pur style film d'action, et nous entrons aussi vite que nous le pouvons dans l'enceinte du bâtiment.

À l'accueil, une infirmière mâche du chewing-gum en jouant au solitaire.

— Bonjour, madame. Mon amie est sur le point d'accoucher. Elle a perdu les eaux.

— Étage trois. Aile maternité, répond-elle sans nous regarder.

Nous montons laborieusement au troisième étage, où une petite dame aux cheveux blancs et aux joues roses nous accueille.

— Bonjour... Josiane, dis-je en avisant son badge. Mon amie a perdu les eaux, mais elle ne doit surtout pas accoucher avant que son mari arrive. C'est une question de vie ou de mort. Vous n'auriez pas des trucs pour retarder tout ça ?

Josiane me regarde avec des yeux ronds, puis éclate de rire.

— Ah ben, ça, c'est la nature qui décide, pas moi !

Amélie se tord de nouveau en deux.

— Vous ne pouvez pas arrêter de pérorer comme des poules ? J'ai mal ! ! beugle-t-elle.

— À quel intervalle se produisent les contractions ? me demande Josiane, l'ignorant superbement.

— Je dirais toutes les vingt minutes.

— Ouh ben, alors ! Vous avez le temps ! Je vais l'ausculter. Quant à vous, vous pouvez aller boire un café. Elle ne va pas accoucher dans la minute.

Elle entraîne Amélie qui me lance un regard d'angoisse pure. Je lève les deux pouces en l'air et esquisse un mouvement de pom-pom girl très encourageant, mais n'en mène pas large en vérité : pourvu qu'elle tienne jusqu'à ce que Pedro arrive ! J'aime Amélie de tout mon cœur, mais je n'ai pas envie de me faire broyer la main quand elle poussera ni de couper un ignoble cordon ombilical...

Je ressors et trouve rapidement la machine à café à l'accueil.

Et un cappuccino ! Un !

Observant les lieux, je repère soudain une silhouette familière.

Charles ! C'est Charles !

Génial !

J'ai vraiment besoin de compagnie.

— Charles ! Charles ! Youhou !

Il se tourne vers moi et s'approche, surpris. Il est vachement sexy en blouse blanche, dis donc !

— Qu'est-ce que tu fais ici, Anna ? Ne me dis pas que tu t'es encore fait mal ?

— Non ! Amélie, ma meilleure amie, est arrivée ce matin chez Romuald ! Figure-toi qu'elle est enceinte et qu'elle a perdu les eaux !

— Qu'est-elle venue faire ici, aussi proche du terme ?

— Elle a cru que j'allais me suicider.

Charles éclate de rire.

— Toi ?

— Oui, moi ! Mais elle a mal compris, rassure-toi. On était au téléphone, et la communication passait mal.

— Elle doit beaucoup tenir à toi !

— Oui, et c'est réciproque. Mais attends la suite ! Son mari, Pedro, est sur la route. Il n'était pas au courant qu'elle venait me voir...

— Vous vous êtes bien trouvées, toutes les deux, on dirait !

— Ça va, ça va ! Épargne-moi tes sarcasmes ! De toute façon, aujourd'hui, rien ne peut me contrarier ! Tu te rends compte ? Je vais être marraine !

— Tu lui raconteras de super histoires, à ce gosse, c'est sûr ! À ce propos, Eliott ne jure plus que par toi ! Il ne cesse de comparer mes récits au tien et me dit que je suis « trop nullos ». Je le ramène bientôt chez ses parents. Il va me manquer.

— C'est vrai qu'il est chou. Excepté pour les surnoms ! Tu veux un café ?

— Non, je n'ai pas le temps. Je vais bientôt partir au bloc. Mais si tu es encore dans le coin d'ici deux heures, j'ai une longue pause. On pourrait manger un bout ?

— Si Pedro est arrivé d'ici là, j'en serai ravie ! Mais… Emmanuelle ?

— Quoi Emmanuelle ?

— Eh bien, ça ne va pas la gêner que nous mangions ensemble ?

— Pourquoi ça la gênerait ?

J'ai la nette impression qu'il prend plaisir à faire celui qui ne comprend pas. À moins qu'il ne soit un peu stupide dans certains domaines.

— Lorsqu'un homme est en couple, il est rare que sa compagne apprécie qu'il mange avec une autre femme.

— Moi ? En couple avec Emmanuelle ?

Il rit.

— Non ! Je l'aime énormément, nous avons beaucoup de tendresse l'un pour l'autre, mais nous sommes de vrais amis ! Elle ne l'a pas précisé, mais ça fait un moment que nous nous sommes rencontrés ! Nous avons bien essayé une fois d'aller plus loin, mais nous avons éclaté de rire. Il n'y a aucune attirance physique entre nous !

— Ah bon ?

Cette nouvelle me soulage. Oui. Ça me soulage… de… de savoir que tous les hommes ne craquent pas pour des nanas parfaites.

En vrai, ça me soulage tout court, à mon grand étonnement.

— Oui, bon... Il faut vraiment que j'y aille, là. Si tu es disponible, tout à l'heure, rejoins-moi à la cafétéria, d'accord ? Bon courage avec ton amie ! Un truc : si elle souffre vraiment beaucoup, faites une liste des insultes les plus loufoques qu'on puisse inventer. Souvent, ça fonctionne, les patients en oublient la douleur !

Il me caresse l'épaule et s'éloigne. Je le regarde partir, rêveuse, puis finis mon café.

Trêve de distraction : remontons voir où en est Amélie.

Lorsque j'entre dans le service, je tombe sur Josiane.

— Votre amie n'est pas près d'accoucher ! Elle est à peine dilatée. Mais elle a perdu les eaux, alors on doit la garder. Vous pouvez aller la voir. Elle est chambre 5. Je vous préviens, ce sera long... Très long.

— Elle souffre ? demandé-je avec un léger mouvement de recul.

— Évidemment ! Mais par intervalles seulement. Il est encore trop tôt pour qu'on puisse lui faire une péridurale.

— Courage, courage, murmuré-je en me dirigeant vers la chambre, peu rassurée.

Lorsque j'entre, je trouve Amélie installée sur un énorme ballon, l'air totalement en phase avec elle-même. Je suis soulagée. Je m'attendais à une scène horrible, genre Amélie en train de se rouler en boule, Amélie en train de sangloter, Amélie à quatre pattes en train de faire la respiration du petit chien...

Mais tout va pour le mieux : il s'agit juste d'Amélie sur un ballon.

— Tu as l'air en pleine forme, dis-je prudemment.

Elle ouvre un œil. Un œil glacial.

— Tout ça, c'est ta faute ! Si tu n'avais pas décidé de participer à cette maudite émission, si tu avais chargé ton téléphone, si tu ne m'avais pas appelée, je ne serais pas là, à Pétaouchnock, à accoucher sans mon mari. Je te déteste !

Je reste prostrée, sans savoir quoi répondre. C'est vrai que vu comme ça... En même temps, elle exagère un brin : c'est quand même elle qui m'a poussée à participer à *L'Amour au vert*, après tout. Mais je ne me risque pas à le lui rappeler. En cet instant, je lui trouve un petit quelque chose de Jenny... Petit quelque chose qui disparaît quand elle éclate en sanglots.

— Pardon ! Pardooon ! Je ne sais plus ce que je dis. Je suis tellement désolée !

De grosses larmes roulent sur ses joues et elle a l'air si abattue, assise sur sa bonbonne !

Je m'approche d'elle et la serre dans mes bras. Soudain, elle se crispe et m'agrippe le bras avec une main de fer.

— J'ai mal ! Aide-moi !

Je n'ose lui dire que, moi aussi, j'ai mal. Mon bras commence à blanchir. Le sang a sûrement arrêté de circuler à partir du poignet... Elle m'enfonce ses ongles dans la main : c'est carrément insupportable.

— Mais non, respire. Pense à un paysage reposant : la montagne, un ruisseau paisible, le chant d'un moineau, une...

— TA GUEULE !

Je sens que, jusqu'à ce que Pedro arrive, cela va être long. Très long.

9. OÙ L'ON DÉCLENCHE UN CODE BLANC POUR UN TOUT PETIT, MINUSCULE VOL DE RIEN DU TOUT...

Cela fait combien de temps que nous sommes dans cette maudite pièce, maintenant ?

Six heures ? Sept heures ?

Lorsque je regarde ma montre, je crois défaillir : deux heures seulement.

Amélie sanglote et gémit à intervalles réguliers. Elle a désormais des contractions presque en continu et maudit le monde entier durant les rares minutes où elle ne souffre pas. Vu comme elle me broie la main, il semble peu probable qu'un jour j'en retrouve le plein usage.

— Mais qu'est-ce qu'il fout, Pedro ? Lyon, ce n'est pas le Pérou, quand même ! J'ai mal ! Appuie sur ce bouton de malheur et fais venir quelqu'un, bouge-toi !

À peine a-t-elle dit ça qu'elle se colle sur le visage le masque à oxygène mis à sa disposition. Elle ressemble à ces types qui décontaminent les planètes infectées dans les films de science-fiction. Malgré ma douleur à la main, j'ai une folle envie de rire, mais m'abstiens : prudence est mère de sûreté. Même à l'agonie, elle serait capable de me corriger sévèrement. J'ai vu de quoi elle était capable avec Jenny. Championne de boxe. On ne plaisante pas avec ça.

— Tu sais quoi ? dis-je en pressant le bouton d'appel. On va faire un jeu pour passer le temps : le jeu des insultes !

Silence et regard navrés d'Amélie.

— Mais si, mais si ! On doit trouver un maximum d'insultes ridicules. Je commence : espèce de gallinacé odorant ! À toi !

— Aïe ! Espèce de... grosse vache aux pis flasques.

Vu son air mauvais, je suis certaine qu'elle m'insulte vraiment, mais ce n'est pas grave, je lui pardonne : c'est la souffrance qui parle. Enchaînons, enchaînons.

— Espèce d'ongle incarné infecté !

— Aïïïïïe ! C'est stupide, ce jeu ! Stupide ! Comme toi, espèce de furoncle verdâtre !

— Mesdames ? Désolée d'interrompre votre charmante conversation, dit Josiane en entrant, après avoir frappé un léger coup à la porte. Amélie, je vais vous ausculter. Voyons où nous en sommes.

Amélie la regarde comme si elle allait l'égorger, mais Josiane ne s'en offusque pas. Je suis certaine que les sages-femmes touchent une prime de risque.

— Ah oui... Ah, d'accord...

— Si vous arrêtiez de nous balancer des monosyllabes et que vous nous disiez ce qui se passe ? persifle Amélie.

Ce qu'elle peut être infernale quand elle s'y met ! Il est loin, très loin, l'esprit new age...

— Ce qu'il y a, c'est que ça avance vite ! Malheureusement, je pense qu'il est trop tard pour la péridurale.

— Quoi ?

Amélie va s'étouffer de rage.

— Oui. On y est presque.

— Quoi ? Et Pedro ? Pas question que j'accouche tout de suite ! Et je veux être droguée, vous entendez ! Je le veux ! Je vous préviens, si vous ne le faites pas, je...

Elle tente de se lever, mais retombe comme un vieux caramel mou, puis...

Oh non... Pas ça... Elle se met à pleurer pour de bon. Avec de monstrueux sanglots. Elle a même du mal à respirer. Je me précipite vers elle pour la soutenir, mais elle me repousse.

— Tu te rends compte ? Je vais être obligée d'accoucher avec TOI ! C'est abominable !

Merci. Sympa !

Comme si je ne pouvais pas me montrer une bonne compagne d'accouchement : ce talent doit bien couler dans mes veines, quelque part !

Malgré la vexation, je tente de la rassurer.

— Ce sera extraordinaire, au contraire ! Toi, moi, les poussées ! Si tu me prêtes ton portable, je peux même tout filmer !

Elle redouble de sanglots.

Raté.

Josiane me lance des regards interrogateurs. Je suis désemparée. Il n'y a rien à faire.

— Calme-toi ! Je suis là, dit alors une voix grave et rassurante dans mon dos.

— Pedro ! clamons-nous toutes les trois.

Miracle ! Merci, petit Jésus, merci, bébé Krishna !

Pedro est là ! Pile au bon moment ! Quel homme !

C'est encore mieux que l'arrivée du Messie. Je suis tellement, tellement soulagée...

En fait, je ne me sentais pas du tout prête à filmer le truc ni à l'aider à respirer en poussant.

Amélie sanglote de bonheur lorsqu'il s'approche d'elle.

— Tu en as mis du temps !

— Et toi, tu es complètement folle d'être venue jusqu'ici en étant si proche du terme ! Mais oublions ça et concentrons-nous sur l'essentiel. Où en sommes-nous ?

Il se tourne vers Josiane qui le fixe béatement.

— Bon, fait-elle, se ressaisissant, nous allons passer en salle d'accouchement. Pedro, si vous voulez bien aider votre femme...

— Avec joie ! dit-il en la prenant dans ses bras.

— Bien, bien, bien, je vais vous laisser, moi ! dis-je en reculant.

Ils ne me prêtent aucune attention, se regardant tendrement.

Je m'éclipse, le sourire aux lèvres. Maintenant, tout se passera bien.

Direction la cafétéria de l'hôpital : j'espère y trouver Charles. Je suis pile dans les temps.

Lorsque je pénètre dans la salle, il est déjà là, assis devant une tasse de thé, tripotant frénétiquement son portable.

Non ! Pas une deuxième enquête téléphonique, par pitié ! Je suis déjà assez occupée avec celle de Romuald et Sasha !

— Qu'est-ce que tu fais ?

Il sursaute et, un peu gêné, me montre son écran.

— *Candy Crush*. Je suis complètement accro ! Mais je bloque sur ce foutu *level 13*...

Quel soulagement ! Lui au moins ne semble pas avoir de vilains secrets à cacher.

Je m'installe en face de lui, priant pour ne pas avoir le visage trop dévasté par mon ingurgitation massive d'alcool de la veille.

— Tu as des cernes, dis donc !

Il lit dans mes pensées ou quoi ?

— À moins que...

Il m'essuie délicatement les yeux avec son doigt.

— Du maquillage...

Horrifiée, je me souviens alors que je n'ai pas pris le temps de me démaquiller en me couchant. Je dois être affreuse !

— Ne t'inquiète pas, c'est mignon. Tu ressembles à un petit panda.

« Un petit panda... » Je ne sais si je dois être atterrée ou flattée. Il ne me laisse pas le temps de trancher, et enchaîne :

— Alors, ton amie ? Elle en est où ?

— Son mari est enfin arrivé. Je n'y croyais plus ! Elle doit être en train d'accoucher au moment où je te parle. Au fait, j'ai tenté ton truc des insultes. En toute franchise, le résultat laisse à désirer...

— Ah oui ? Pourtant, ça marche habituellement. Tu n'as pas dû trouver d'insultes assez originales pour la dérider. Tu manques cruellement d'imagination, ma pauvre Anna, dit-il en singeant la voix de Jenny.

— C'est ce que tu crois ? Voyons si tu es si fort que ça ! Je te laisse l'honneur, commence !

— OK. Mais es-tu certaine de tenir le coup ?

— Bien sûr ! Rien ne peut m'abattre !

— C'est parti, alors. Non... J'ai des scrupules : j'ai peur que tu ne t'en remettes jamais, fait-il avec un rire moqueur.

— VAS-Y, INSULTE-MOI !

— D'accord, d'accord ! Espèce de... Emmanuelle !

— Pathétique ! Ce n'est pas une insulte, c'est un super compliment !

— Mais non ! Emmanuelle, là !

Je me tourne pour la regarder arriver : c'est vraiment le phénix des hôtes de cet hôpital. Elle est parfaite avec sa queue-de-cheval qui se balance au rythme de ses pas. J'espère qu'elle ne me tient pas rigueur du coup de pied sous la table...

— Salut, Anna ! dit-elle, se penchant pour m'embrasser avec un grand sourire. Tu vas bien ?

— Très bien, merci ! Et toi ?

— En pleine forme !

— Dis, excuse-moi pour hier. J'avais un peu trop bu...

— Ne t'en fais pas, ça m'arrive aussi ! Et je me suis bien amusée ! Charles m'avait dit que tu étais pleine de vie et d'humour !

Il lui a parlé de moi ? Tiens, tiens... Je jette un coup d'œil dans sa direction. Il est complètement absorbé par la contemplation de la salière sur la table.

— Tu es venue lui rendre visite ? ajoute Emmanuelle en lançant un regard de connivence à Charles qui l'ignore superbement.

— En fait, c'est un peu plus compliqué...

— Mince, ronchonne Emmanuelle en exhumant son biper de sa blouse. Déjà ? Même pas le temps de discuter un peu. Anna, j'ai été ravie de te revoir. Demande mon numéro à Charles. On pourrait se faire une petite soirée un de ces quatre ? Qui sait, tu m'apprendras peut-être à danser correctement la *Macarena* !

Voilà ! Je savais bien qu'on était copines, toutes les deux ! L'alcool ne m'a pas trompée !

Je la regarde s'éloigner avec une admiration non dissimulée. Sa queue-de-cheval fait toujours ce truc hyper sexy. Si j'étais un homme, je crois que je succomberais dans la minute. Comment Charles a-t-il pu résister ?

— Tu vas le faire ? Tu vas l'appeler ? me demande-t-il.

— Si je reste assez longtemps, pourquoi pas ? Mais

je ne pense pas que ce soit le cas. Tu ne le croiras pas, mais l'émission a été déprogrammée, faute d'audience !

— Non ? Tes pitreries n'ont pas enchanté la France entière ? Je suis surpris !

— Très drôle... Moi, en tout cas, je suis soulagée. Vivre sous l'œil des caméras, très peu pour moi. J'apprécie Romuald, mais je ne pense pas que nous soyons faits l'un pour l'autre. Il n'y a pas l'étincelle. Ça tombe bien : il est plus intéressé par Jenny que par moi.

— Jenny ? Oui, j'ai remarqué qu'ils avaient l'air de bien s'entendre, hier, mais il a dû se rendre compte que, malgré sa plastique parfaite, c'est une vipère !

« Plastique parfaite » ? Pff, on voit qu'il ne l'a pas vue avec sa veine en action !

— Je n'en suis pas si sûre : je les ai surpris en train de s'embrasser, hier soir.

— Je ne sais pas pourquoi, mais je ne le sens pas, ce rapprochement.

— Et tu as bien raison !

Je lui raconte l'affaire Jenny-Staton et en profite pour lui avouer la véritable raison de ma présence sur la route l'autre soir.

Il éclate de rire.

— J'étais sûr qu'il se passait quelque chose ! Tu mens abominablement mal ! Tu t'es réellement jetée sous la caravane ?

Reprenant son sérieux, il ajoute :

— Je pense que tu devrais en parler à Romuald : il est évident que Jenny se moque de lui.

— Je ne sais pas. Quand Staton a rompu, ce matin, elle avait l'air effondrée, mais elle semble quand même sacrément tenir à Romuald. Au point de m'enfermer dans les toilettes d'un musée... Tu te rends compte ?

Oups. Je ne comptais pas lui narrer ce glorieux épisode. Il lève un sourcil interrogateur.

— Elle a fait quoi ?

Au point où j'en suis...

— Au moins, tu sauras tout : quand nous étions au musée de cire, je n'ai absolument pas rencontré d'amie ! C'est ce que Jenny a raconté à Romuald, mais en réalité, elle m'a enfermée dans les toilettes pour rester seule avec lui après m'avoir menacée de mort.

— Elle n'a pas froid aux yeux ! Elle est un peu dérangée, non ?

— Ne m'en parle pas ! Quand j'ai réussi à sortir, la voiture avait disparu. J'ai essayé de trouver un taxi, mais on m'a annoncé que c'était jour de grève... Devine sur qui je suis tombée en rentrant à pied ?

— Heu... Sur Jenny qui conduisait la voiture de Romuald et qui a voulu t'écraser ?

— Non... Sur Claudette !

— Elle ne m'en a rien dit...

— Et elle a d'abord refusé de me laisser monter. Elle voulait que je lui raconte ce que je fabriquais avec « son Charlot » et « le Roro » !

— Ça ne m'étonne pas d'elle ! Il faut gagner sa confiance ! Mais une fois que c'est fait, c'est une personne fidèle et aimante.

— J'ai remarqué ! Elle m'a même offert du saucisson ! Et j'en ai appris de belles sur ton enfance !

Charles rougit.

— Quoi par exemple ?

Je lui relate ce que Claudette m'a confié, souhaitant en savoir plus, mais il minimise ses frasques... Pas drôle !

Nous bavardons sans nous soucier des gens qui passent, commandent, s'asseyent, repartent... Je me sens bien. La conversation se fait naturellement, sans qu'aucun silence gênant ne vienne la troubler.

— Au fait, Romuald va se demander où tu es, non ?

— Oui, sûrement, mais je souhaite rester jusqu'à ce qu'Amélie ait accouché. Qu'est-ce que je fais, alors, pour Jenny et lui ?

— Tu lui parles de Staton, c'est évident !

— J'espère que Jenny ne va pas me tuer. Je l'ai mise dans les cordes tout à l'heure, mais il y avait Amélie, je n'étais pas seule face à elle. Je dois t'avouer que ses menaces me font peur.

— Tu ne risques rien... C'est un roquet : elle jappe, mais ne mord pas. Je t'accompagnerai si tu veux, on trouvera un moment.

— Parfait !

L'accord est scellé quand, soudain, quelqu'un entre dans la cafétéria en criant. C'est Pedro qui déboule comme une furie vers notre table et s'arrête dans une longue glissade maîtrisée. Immédiatement, je me lève, prise d'angoisse.

— Anna ! Anna ! Elle est née ! Chambre 215, rejoins-nous vite !

Sans attendre les félicitations d'usage, il repart en quatrième vitesse.

Ravie, je me tourne vers Charles.

— Vas-y, dit-il. Je t'attends !

Alors que je m'apprête à monter les étages au pas de course, je me rends compte brusquement que je n'ai pas de cadeau.

C'est impensable !

J'aurais pu aller en chercher un au lieu de bavasser avec Charles. Je suis une amie indigne.

En passant dans le hall d'entrée, j'avise le bouquet de fleurs qui trône sur la table d'accueil.

La secrétaire s'est absentée.

C'est tentant...

Je pourrais en emprunter une ou deux, histoire de ne pas arriver les mains vides. Personne ne se rendrait compte de rien.

Très discrètement, j'avance vers le guichet, tends la main et m'empare des deux fleurs les plus ouvertes.

— Qu'est-ce que vous faites ?

La poisse !

La secrétaire est là, pile derrière moi.

— Je... Je suis confuse ! Voilà... Heu... Mon amie vient d'accoucher et je n'ai pas pensé à lui offrir quelque chose...

— Alors vous comptiez voler les fleurs de l'hôpital ?

— Voler ? Comme vous y allez ! « Emprunter » serait plus juste ! J'irai chez le fleuriste plus tard et j'en achèterai deux pour remplacer celles-ci ! J'en prendrai même quatre pour les intérêts ! Je ne suis pas une voleuse !

— Alors reposez-les et allez acheter votre propre bouquet.

— Je n'ai pas le temps ! Elle m'attend ! Faites un petit geste ! Je vous promets que je les remplace d'ici une heure, grand maximum !

— Non.

— Non ?

— Non.

Elle pourrait faire un effort ! Tout ça pour deux pauvres fleurs qui ne sont pas particulièrement belles. Un peu rabougries même...

Elle s'approche de moi, les mains tendues.

Non. Elle ne me volera pas mes fleurs. Hors de question.

La surprenant, je bondis vers la droite et file dans l'escalier sous ses hurlements.

— Au voleur ! Au voleur !

Vite, vite, je cours le long du couloir, cherchant la chambre d'Amélie.

211, 212...

Une voix artificielle se fait alors entendre dans les haut-parleurs :

— Code blanc. Code blanc. Urgence. Code blanc. Code blanc.

Ce doit être pour moi ! J'ai vu ça dans *Grey's Anatomy* : un voleur d'organes s'était introduit dans l'hôpital et le code blanc avait été déclenché. Tout le personnel s'était mis à traquer le criminel qui avait finalement échoué en prison.

Vont-ils m'y jeter aussi, une fois qu'ils m'auront attrapée ? Vais-je finir mes jours dans une geôle froide et sombre, affublée d'un vilain costume de bagnard qui ne mettra absolument pas en valeur mon teint de pêche ?

Un médecin fonce vers moi en courant. Il va me plaquer au sol... Avant qu'il arrive à ma hauteur, je crie pour faire diversion :

— Il est là-bas ! Le voleur est là-bas !

Le type me lance un regard interrogateur et me dépasse sans ralentir.

Ouf !

Je continue à avancer dans le couloir, scrutant les numéros sur les portes.

213, 214, 215 !

Voilà ! C'est ici !

Hors d'haleine, j'entre et referme soigneusement la porte derrière moi. Dommage, il n'y a pas de verrou. Je reprends mon souffle, me compose un visage serein et m'avance dans la chambre de manière tout à fait naturelle.

Amélie est dans son lit, l'air épuisé mais heureux,

tenant dans ses bras une minuscule chose emmitouflé
dans plusieurs couvertures.

Une expression de tendresse absolue a colonis
son visage.

— Je te présente Héloïse.

— Héloïse ? dis-je en m'approchant, sentant de
larmes d'émotion rouler sur mes joues.

Je pose mes maudites fleurs maintenant complè
tement défraîchies sur la table de chevet et Améli
me tend sa merveille : je découvre le visage de m
filleule, encore fripé et taché de Bétadine. Elle es
belle ! Je caresse ses mains microscopiques et lu
embrasse le front. Elle va faire des ravages plus tard
c'est certain ! Ce que les autres bébés peuvent êtr
laids à côté d'elle ! Tous des têtes de Chucky !

Je tombe aussitôt amoureuse de ce petit être blott
contre moi et en oublie la menace d'emprisonnement

À regret, je la rends à sa mère qui lève déjà le
bras vers elle, puis m'assieds sur le lit.

— Alors ? Ce n'était pas trop éprouvant ? Tu t'e
es sortie comme un chef ! Elle est superbe et elle
un prénom à tout casser !

— Ça a été horrible, mais heureusement, Pedr
était là. Pardon d'avoir été désagréable avec toi !

Je balaie ses excuses d'un revers de main. Je sui
sûre que si un jour je passe par ce calvaire, je sera
bien pire.

— Je suis tellement heureuse pour vous ! Félicitations

— Merci, répondent-ils en chœur.

Après un quart d'heure de bisous-bisous et d
gouzi-gouzi avec le bébé, je me lève.

— Je vais vous laisser vous reposer. Je passera
vous voir demain !

— Garde mes clés de voiture pour le moment : t
pourras rentrer tranquillement.

Je les embrasse tous les deux, mais sens que, déjà, ils ne me prêtent plus attention. Ils sont absorbés dans la contemplation béate de leur toute toute toute petite progéniture. Et quelle progéniture !

Je redescends vers la sortie à pas de loup. Les lieux ont l'air calmes. Ils ont dû abandonner les poursuites.

Coup d'œil à droite : la secrétaire est là, mais occupée. Je me courbe, longe le mur comme un crabe et file à la cafétéria.

Sauvée ! Elle n'a rien vu !

Folle de joie, je fonce vers Charles qui se lève à mon arrivée.

— Elle s'appelle Héloïse ! Si tu savais ! Elle est magnifique !

Dans un élan de spontanéité, je lui saute dans les bras et sens qu'il me serre fort. Très fort. C'est un peu plus qu'une accolade amicale.

Je me recule légèrement pour le regarder. Lui se rapproche. Encore. Encore... et il m'embrasse.

Waouh, quel baiser !

Il a de ces lèvres !

Je me laisse faire sans protester. Je crois qu'au fond de moi j'en avais très envie.

— Ah ! Voilà la coupable !

La secrétaire...

— C'est une voleuse ! Une voleuse ! Elle a subtilisé deux fleurs à l'accueil et s'est sauvée en courant. Je savais bien que c'était vous. Je vous ai vue vous faufiler sournoisement jusqu'ici ! Rendez-moi mes fleurs !

Je me détache de Charles, super gênée que les accusations de cette perruche mal léchée viennent troubler notre premier baiser.

Il faut absolument que mon honneur soit sauf afin de ne pas gâcher ce moment.

Allons-y au culot.

— Vous devez me confondre avec quelqu'un d'autre, madame.

— Vous confondre ? M'étonnerait ! C'est bien vous qui avez une amie qui vient d'accoucher et qui n'avez pas acheté de cadeau ?

— Heu... Oui... Mais...

Charles et la vieille pie me fixent, attendant que j'avoue mon forfait, ce que je finis par faire, à contre-cœur.

— Bon, oui, ça va, ça va, c'est moi. Mais ce n'était pas la peine de déclencher un code blanc pour si peu !

La secrétaire lève les yeux au ciel. Je jette un coup d'œil à Charles qui manque de s'étouffer en riant.

— Anna ! Le code blanc est déclenché quand les chirurgiens de cardiologie ont besoin d'être réunis en urgence sur un cas délicat... Pas lorsque quelqu'un vole des fleurs !

Zut ! J'ai dû mélanger deux épisodes de *Grey's Anatomy*... J'étais pourtant certaine de ne pas me tromper ! Encore une fois, je me suis couverte de ridicule. Enfin, le ridicule doit me donner un charme certain auprès de Charles, puisqu'il m'a embrassée.

Embrassée...

— Écoutez, Germaine..., continue-t-il. Je m'engage solennellement à remplacer le bouquet entier cet après-midi. Voyez-vous, mon amie n'a pas les idées claires. Elle a bu toute la nuit. Elle a un gros gros problème de dépendance à l'alcool. Aux mojitos spécialement.

Il exagère ! Me faire passer pour une alcoolique !

Germaine hésite. Charles lui tapote gentiment le bras

— Allez, Germaine, je vous en prie. Elle est malade

regardez-la ! Et je pense qu'elle vire cleptomane, chuchote-t-il. Faites ça pour moi !

Il lui sourit et je vois bien qu'elle fond.

— Hum. Bon. D'accord. Mais que ça ne se reproduise plus sinon je porte plainte, ronchonne-t-elle en s'éloignant. Voler des fleurs… Non, mais je vous jure !

Charles se tourne vers moi, hilare.

— Un vol de fleurs ?

— J'ai une bonne excuse ! Je n'avais rien acheté pour Amélie. Tu comprends bien que ce n'était pas acceptable !

— C'est sûr ! Bien moins acceptable que de voler les fleurs d'un hôpital public !

— Dit comme ça, c'est sûr que…

BIP, BIP, BIP !

Foutu biper ! Les médecins pourraient avoir le droit de les éteindre de temps à autre, non ?

— Je dois y aller, Anna.

Il fait mine de s'éloigner et se ravise.

— Pour tout à l'heure… Je crois que j'en avais envie depuis que je t'ai croisée sur le bord de la route, l'autre nuit.

Puis il s'éloigne, m'offrant un de ces sourires qui font disparaître la fatigue de ses yeux.

Waouh, waouh, waouh !

10. OÙ L'ON SE TRANSFORME EN BON SAMARITAIN : LE KARMA NOUS LE RENDRA !

J'effectue le trajet du retour sur un petit nuage.

Charles et moi.

Moi et Charles.

Alors là ! Je ne m'y attendais vraiment pas. Enfin, si… Pas exactement… Un peu quand même.

J'ai le cœur qui fait des vagues et je suis certaine que le sourire qui pointe sur mes lèvres est d'une niaiserie sans nom, mais ça n'a pas d'importance : j'assume.

Lorsque je me gare dans la cour, je constate qu'il ne reste plus que deux caravanes. Le reste des installations a disparu. L'émission est bel et bien enterrée !

En approchant de la maison, j'aperçois Jenny assise sur une marche, toute seule. Elle a la tête enfouie dans ses mains et a l'air complètement désespérée : très « héroïne tragique avant la mort ».

En passant devant elle, je me redresse et lui jette un petit coup d'œil victorieux. Le regard qu'elle me lance en retour est franchement pitoyable.

Hé ! hé ! hé ! C'est le triomphe de l'innocence contre la fourberie !

Avec son karma ultra-chargé, elle ne pouvait pas s'en sortir comme ça.

Je m'apprête à entrer, mais la curiosité me saisit. Elle n'a pas l'air remontée. Et si j'en profitais pour en savoir un peu plus sur toute cette sombre affaire ?

Je fais demi-tour et m'assieds à côté d'elle.

— Qu'est-ce qui se passe ?

Elle se tourne vers moi : de près, le spectacle n'est pas beau à voir. Elle s'est frotté les yeux si violemment qu'ils ressemblent à ceux d'un lapin albinos et ses sourcils sont tellement en bataille qu'on dirait Gandalf dans *Le Seigneur des anneaux*.

— Tu viens te réjouir, c'est ça ? fait-elle en grimaçant de dépit.

— OK...

Je me lève : pas besoin d'en entendre plus. Ça va tourner à l'affrontement. C'était une mauvaise idée.

— Non. Attends. Excuse-moi, Anna.

Quoi ?

Des excuses ?

Jenny qui s'excuse ?

Mais POURQUOI les caméras nous ont quittées ?

J'aurais tant voulu immortaliser ce moment.

— Oui... Excuse-moi d'avoir été ignoble ces derniers jours.

Je me rassieds et m'approche légèrement pour sentir son haleine : elle doit avoir bu, ce n'est pas possible ! Mais non, à part un léger parfum hollywoodien banane myrtille, rien à signaler.

— « Ignoble », oui... Tu as bien choisi le terme, dis-je prudemment.

Voyant qu'elle acquiesce piteusement, j'en rajoute une couche.

— Je dirais même « particulièrement ignoble » ou « exécrable au plus haut point » !

Je vais me gêner, tiens ! Avec ce qu'elle m'a fait subir !

Elle hoche la tête avec une humilité déconcertante.

Mais que s'est-il passé ? Une âme repentante s'est-elle emparée du corps de ma rivale ?

— Je... Je suis comme ça, lorsque je me sens menacée. Je ne peux pas me contrôler.

— Menacée ? Menacée par qui ?

— Par toi.

Moi ?

Moi !

Ce n'est quand même pas MOI qui lui ai collé ma grosse veine à deux centimètres du visage en hurlant ou qui l'ai enfermée dans de lugubres toilettes désertes...

— Ça t'étonne ? Ça ne devrait pas... Tu es naturelle, rigolote, charmante. Moi, je n'ai que ma plastique. De rêve, je le concède, mais je n'ai rien d'autre. Et puis, tu as entendu Jason... J'ai été pistonnée pour participer à l'émission. C'est toi qui plaisais à Romuald...

Ah ! J'en étais sûre !

— Oui, mais tu vois bien qu'il a changé d'avis !

— En fait... Non.

— Non ? Je ne comprends pas. Vous vous êtes bien embrassés, hier soir ? Je vous ai vus !

— Je ne t'ai pas dit toute la vérité, ce matin. C'est moi qui l'ai embrassé et il m'a repoussée. Gentiment, bien sûr. Mais repoussée quand même. Il a dit qu'il était désolé si je m'étais fait des idées, qu'il me considérait comme une amie, pas plus. Tu as dû rebrousser chemin trop tôt pour ne pas le constater de tes propres yeux.

— Ah bon ? Mais... Tout votre truc, là, sur Indiana... Je pensais que vous étiez faits l'un pour l'autre !

— Moi aussi... Je me suis emballée, mais maintenant...

Elle éclate en sanglots pathétiques. Un peu de morve

lui coule du nez, mais elle continue bravement, entre deux reniflements :

— Maintenant que Jasounet ne veut plus de moi... je me rends compte que c'est lui que j'aime, que j'ai toujours aimé ! Romuald n'était qu'une passade ! Un feu de paille ! Mais l'amour de ma vie ne veut plus de moi. Il refuse même de m'adresser la parole. Anna, je ne sais pas ce que je pourrais faire, s'il me quitte...

— Tu ne l'utilisais pas simplement pour te faire connaître ?

— Si... au départ. Mon rêve, c'est de devenir une star de la téléréalité, alors, quand je l'ai croisé à cette soirée de gala un mois avant l'émission, je me suis jetée sur lui. Effectivement, il m'a été d'une grande aide pour entrer ici. La production a son mot à dire sur l'une des deux candidates. Question d'audimat... Il a insisté pour que je sois retenue, mais en échange, je ne devais en aucun cas me lier avec Romuald. Jason est très possessif. *L'Amour au vert*, c'était un tremplin pour la suite, tu comprends ? Et puis, Romuald m'a tourné la tête... J'ai été sotte. Je pensais avoir seulement de l'affection pour Jason, mais maintenant qu'il me jette comme une vieille chaussette, je me rends compte que je l'aime. Tu entends, Jasounet, je t'aime ! finit-elle par beugler.

C'est pire que ce que je pensais. Elle a vraiment perdu toute dignité : c'est presque insupportable d'assister à ça. Je crois que je préfère encore la voir en furie...

— Tu fais quoi ? Tu cries pour qu'il t'entende ? Il est encore là ?

— Oui, mais il part bientôt... Ce soir... Demain... Je ne sais pas. Je ne sais plus. Je n'en peux plus !

Je suis stupéfaite. Jenny n'est donc pas une machine à tuer. Ce n'est pas un vulgaire Terminator : elle a des sentiments — enfouis au tréfonds de son âme noire, certes, mais là quand même !

Et Romuald qui ne s'intéresse pas à elle... Surprenant !

Et en parlant du loup...

— Romuald est rentré ?

— Oui. Il m'a vue dans cet état et m'a demandé ce qui se passait. Je lui ai tout avoué : ma relation avec Jasounet, mon coup de cœur pour lui, mes vrais sentiments. Il a proposé d'intervenir, mais j'ai refusé : ça n'aurait fait qu'empirer les choses.

Elle pose soudain la tête contre mon épaule. Je sursaute, par réflexe, mais elle veut juste un peu de réconfort. Maladroitement, je tapote la tête de cette grande psychopathe.

— Je suis finie, Anna ! Finie !

Après un quart d'heure à l'écouter se plaindre, je prends une décision. Il faut que ça cesse : elle a touché le fond et j'ai l'impression que je ne vais jamais réussir à me lever de cette marche.

Galvanisée par le baiser de Charles, je me sens l'âme d'un saint-bernard.

J'ai envie de happy ends.

Même pour Jenny-la-veine.

— Tu veux que j'aille lui parler ?

Elle se redresse, éperdue de reconnaissance.

— Tu ferais ça pour moi ?

— Oui, je suis d'un naturel extrêmement généreux, sache-le.

Autant se faire mousser un petit peu, sinon à quoi bon ?

Elle se met à me baiser les mains. S'il n'y avait les filets de morve qui coulent sur moi, je serais enchantée.

— Je te promets que je te ferai passer une tonne de modèles Aubade gratuits pour te remercier ! Tu n'auras plus jamais à acheter un soutien-gorge de ta vie, c'est juré.

— Mais j'y compte bien ! Alors ? Il est où, le Jasounet ? Dans sa caravane ?

Elle acquiesce, pleine d'espoir.

Je me lève, me sentant un peu comme un chevalier sauvant une donzelle en détresse, et me dirige vers l'antre de Staton, sous l'œil émerveillé de Jenny.

Lorsque je frappe, un grognement me répond. Charmant...

— Monsieur Staton ? C'est Anna. Pourrions-nous parler un instant ?

Deux interminables minutes s'écoulent avant qu'il ouvre, l'air mécontent.

— Quoi ?

Hou ! là, là ! Il n'a pas l'air bien disposé. Ça commence mal.

— Puis-je entrer un instant, s'il vous plaît ? Je boirais bien une petite tasse de café.

— Je n'ai pas de café, dit-il en refermant la porte... que je bloque habilement de mon pied.

On ne me la fait pas, à moi.

— Monsieur, nous devons parler de l'émission. Je suis candidate, tout de même ! J'ai le droit de savoir ce qu'il en est.

Il soupire bruyamment et s'efface à contrecœur pour me laisser entrer.

Je pénètre joyeusement à l'intérieur et observe les lieux.

— Regardez ! Vous avez du café ! Vous m'avez menti ! Ce n'est pas joli, joli, monsieur Staton ! Je vous en fais un petit pour m'accompagner ?

Manipulant les filtres, je fais semblant de m'intéresser au discours morne de Jason qui me récite les taux d'audience minables de l'émission.

Après avoir posé la cafetière sur la table, je m'assieds en face de lui et le regarde droit dans les yeux.

— En fait, je suis là pour vous parler de Jenny. Je me fiche complètement de votre émission, sans vouloir vous vexer.

— Ah non ! rugit-il en se levant et en m'attrapant par le bras. Dégagez ! Je ne veux plus entendre parler d'elle !

— Monsieur Staton, si vous me renvoyez, je me débrouillerai pour me faire interviewer et je raconterai comment vous pistonnez les femmes avec qui vous couchez... Même si le programme a été un fiasco, je ne suis pas sûre que la France entière soit ravie d'apprendre que certaines émissions sont truquées...

Bien joué !

Il se rassied lourdement.

Touché, coulé !

— On ne dirait pas à vous voir, mais vous êtes maligne...

— Oui, c'est ce qu'on me dit souvent. Mais parlons sérieusement. Jenny est désespérée. Elle fait même pitié, pour tout vous dire. Je ne suis pas certaine qu'elle se remette un jour de votre rupture.

— Bien fait pour elle ! Elle n'avait pas à m'utiliser de la sorte !

— C'est là où vous vous trompez ! Qu'avez-vous entendu de notre conversation, ce matin ?

— L'essentiel ! Que Romuald et elle fricotent ensemble !

— Faux !

— Quoi ?

— Jenny m'a avoué qu'elle a menti pour me faire enrager. Elle sait que je suis amoureuse de Romuald.

Je donnerais ma vie pour lui et elle me déteste depuis le premier jour ! Vous avez dû vous en rendre compte ! Et encore, je suis persuadée que vous ne savez pas tout ! Elle a complètement gâché un plat que j'ai préparé... Elle a insinué que j'étais grosse... Elle m'a enfermée dans les toilettes du musée... L'histoire du baiser n'était qu'un ultime coup bas pour me rendre folle de colère et de jalousie !

— Mais pour quelle raison vous déteste-t-elle autant ?

— Je dois avouer que je l'ignore. Je fais parfois cet effet-là aux gens.

— Pourquoi l'aidez-vous, alors ? demande-t-il d'un air suspicieux. Pourquoi souhaitez-vous que nous nous réconciliions ? Vous devriez vous réjouir, au contraire !

— Vous n'avez pas encore compris ? Je souhaite que vous soyez de nouveau ensemble pour qu'elle débarrasse le plancher et me laisse le champ libre avec Romuald ! L'émission est finie ! Elle n'a aucune raison de rester ici !

En dix secondes, toute une gamme d'émotions passe sur le visage de Staton : l'incrédulité, l'espoir, la joie.

— C'est... C'est vrai ? Vous ne mentez pas ?

— Moi ? Vous m'insultez ! Moi ? Mentir ? Sachez que je ne mens jamais. Il n'y a pas plus honnête que moi ! Le mensonge, c'est le mal.

Il n'en faut pas plus. Un lent sourire s'épanouit sur ses lèvres.

Alors que je me félicite de mes talents d'entremetteuse, il se lève et sort de la caravane à grands pas.

Je le suis et le vois courir vers Jenny. Son ventre ballotte, ballotte, ballotte, jusqu'à ce qu'il le plaque tout contre elle.

— Ma Jenny !

— Mon Jasounet !

— Excuse-moi... J'aurais dû t'écouter ! Jamais je n'aurais pensé que tu mentais pour embêter Anna !

Jenny me lance un sourire ravi avant de dévorer littéralement son homme.

Une bonne chose de faite ! Ce que je suis efficace ! Qui aurait pensé que je sauverais la mise à Jenny-la-veine ? Bon, OK, j'ai dû raconter un méchant bobard, mais qui s'en soucie, après tout ? L'important, c'est que ça ait marché.

Je les laisse se pourlécher consciencieusement et, satisfaite, entre dans la maison.

— Romuald ?

— Je suis là, dit-il en apparaissant devant moi. Où étais-tu ? Jenny a essayé de m'expliquer, mais elle pleurait tellement que je n'ai pas compris la moitié de ce qu'elle disait !

Il me sourit.

Il ne m'en veut donc pas pour l'affaire du téléphone hier soir.

— C'est une longue histoire ! Je vais tout te raconter !

Je lui explique alors l'arrivée d'Amélie, son accouchement, la rencontre avec Charles. J'omets bien sûr de lui parler du baiser. C'est trop tôt et je veux le garder pour moi.

— Justement, Charles va passer dans quinze minutes me rendre un DVD qu'il m'a emprunté il y a deux mois. J'avais complètement oublié ! Je ne comprends pas trop l'urgence de venir tout de suite, mais bon...

Cette histoire de DVD serait-elle un prétexte pour me voir ? Je n'ose l'espérer... Et pourtant... Mais peut-être que Charles vient seulement pour que nous parlions de Jenny à Romuald ? Ça ne sera pas nécessaire, finalement...

— Très bien. Je vais aller prendre ma douche. Je me

dépêche ! Au fait, Romuald, l'émission est terminée Ne t'inquiète pas, je ne compte pas m'attarder chez toi, mais, si tu le permets, j'aimerais rester juste un jour de plus pour rendre visite à Amélie.

— Voyons, Anna, émission ou pas, tu restes auss longtemps que tu veux. Je suis heureux que tu sois à mes côtés.

Clin d'œil suggestif. Romuald serait-il en train de me draguer ?

Non...

C'est flatteur, mais un peu gênant. J'espère qu'il n'est pas amoureux de moi ! Je pourrais le comprendre, cela dit : je me sens tellement exceptionnelle aujourd'hui

Je le remercie d'un vague signe de tête et fonce à la salle de bains : je dois être éblouissante pour Charles. Chaque fois qu'il me voit, je ne suis pas à mon avantage. Cette fois, je vais briller, et même étinceler : il va tomber comme une mouche.

... *Mais il y a du boulot*, me dis-je en contemplant mon pauvre reflet dans la glace. Yeux cernés, vieux restes de maquillage, cheveux en berne. Charles avait raison : je ressemble à un panda. Et pas à un jeune

Une fois récurée et mise en beauté, je me précipite en bas, ayant entendu la porte claquer. Il est déjà là ?

Oui ! C'est lui ! J'entends sa voix.

Je n'avais pas remarqué qu'elle était si sensuelle...

Mais pourquoi suis-je intimidée, tout à coup ? Allez Anna... Naturelle. Détendue. Nonchalante.

Je les rejoins d'un pas mesuré.

— Ah ! Voilà Anna ! s'exclame Romuald.

Charles est agenouillé devant une pile de DVD. Il ne se retourne même pas.

Il pourrait tout de même me montrer un semblant d'intérêt !

À la réflexion, il veut peut-être seulement rester discret. Et il a raison : il est encore trop tôt pour parler de nous à qui que ce soit. Y a-t-il déjà un « nous », d'ailleurs ?

Allez, regarde-moi ! Regarde-moi !

Il faut à tout prix qu'il constate comme je peux être charmante, lorsque je ne suis pas pleine de boue ou vieillie de dix ans par de vilaines traces de khôl !

— Salut, Charles !

Il se retourne enfin. Mais aucun signe d'admiration ou de complicité dans son regard.

Rien !

Nada !

Est-ce qu'il a un frère jumeau qui se joue de moi ?

Est-ce qu'il s'est fait virer de son job parce qu'il a pris ma défense lors de l'affaire des fleurs volées ? Viendrait-il se venger ?

Regrette-t-il le baiser ? Peut-être que j'embrasse mal... Que j'ai une haleine de chacal...

En trente secondes, mon cerveau échafaude tous les scénarios catastrophes possibles et imaginables.

Il s'avance vers moi et se tourne de sorte que nous fassions tous deux face à Romuald puis, l'air désolé, déclare :

— Romuald... Il faut que nous parlions. C'est à propos de Jenny...

La porte claque.

— Youhou ! Où êtes-vous ?

Jenny et Staton débarquent dans le salon. Ils ont l'air en transe. Jenny sautille carrément sur place.

— Nous venons vous annoncer une grande nouvelle ! Jasounet et moi, nous allons nous marier ! Il vient de me faire sa demande ! Je suis si heureuse !

Elle caresse la moustache de son fiancé, complètement exaltée.

Tout ça grâce à moi... Je suis inimitable !

Je les félicite tout en riant de voir Charles déconfit. Il n'y comprend rien, c'est clair !

Romuald et moi nous précipitons pour les féliciter comme il se doit.

Jenny me prend dans ses bras et me serre à m'en faire péter les artères.

— Devine !

— Quoi ?

— Devine !

— Je ne sais pas, Jenny.

— Tu seras mon témoin !

Elle me vénère à ce point ?

— Heu... Merci ?

— De rien ! Sans toi, rien de tout ça n'aurait été possible ! Tu es ma meilleure amie !

Ma parole, elle est complètement cinglée...

Mais j'accepte de bon cœur, surtout lorsqu'elle m'apprend que la cérémonie aura lieu à Las Vegas et que nous nous y rendrons en jet privé. Je ne vais tout de même pas cracher sur des vacances tous frais payés !

Charles est abasourdi.

Alors que Romuald discute avec les fiancés du jour, je le rejoins.

— Je t'expliquerai ! C'est compliqué, mais tout est bien qui finit bien !

— Merci, parce que, là, je dois dire que je suis perdu ! Au fait, je voulais te demander... Est-ce que tu pourras t'éclipser, ce soir vers 23 h 30, et me rejoindre devant l'entrée, au même endroit que la dernière fois ?

— Bien sûr. Pourquoi ?

— Parce que je veux passer du temps avec toi, tiens !

— On n'aurait pas cru, pourtant : tu m'as à peine regardée depuis que je suis arrivée !

— Est-ce un crime majeur que de vouloir garder notre petite affaire secrète pour le moment ?

S'assurant que personne ne nous regarde, il me caresse rapidement la main, puis s'écarte, rejoignant Romuald.

J'ai un rendez-vous ! Si j'étais seule, je sauterais en l'air en battant des mains, mais je me retiens, discrétion oblige.

Jenny fond sur moi.

— Nous allons partir, mais tu dois absolument me donner ton numéro, Anna. Il y a une tonne de choses à régler pour le mariage. Et je compte sur toi pour assurer. Tu as intérêt à t'y mettre sérieusement !

Serait-ce une menace ? J'observe son front. Non. Tout va bien de ce côté-là.

J'acquiesce donc avec un enthousiasme feint. Je sens que ça ne va pas être du gâteau, ces préparatifs. Je ne saurais dire pourquoi, mais je me sens légèrement en danger. Sous pression.

Une fois armée de mon numéro, elle me claque quatre bises, me remercie encore et rejoint Staton qui nous salue également.

Nous les accompagnons à la porte et les regardons s'éloigner. Dommage qu'il n'y ait pas un soleil couchant et une musique mièvre pour parfaire le tout : le happy end est parfait.

Une minute plus tard, j'explique toute l'affaire à Charles qui n'en revient pas.

— Eh bien, toi, on peut dire que tu n'es pas rancunière ! Après tout ce qu'elle t'a fait, tu l'as aidée ?

— Oui. Je me sentais d'humeur joyeuse, cet après-midi, je ne sais pourquoi...

J'espère qu'il va saisir le sous-entendu.

Mais il se lève déjà et serre la main à Romuald.

— Je m'en vais aussi. J'ai des tonnes de choses à faire et je dois préparer le départ d'Eliott. À bientôt, Anna ! À plus, Romuald !

Une fois Charles parti, je ne sais que faire. Le temps va être long jusqu'à ce soir, en tête à tête avec Romuald ! Ce n'est pas que je ne l'apprécie pas, mais je n'ai pas grand-chose à lui raconter. La conversation s'étire mollement jusqu'en toute fin d'après-midi. Romuald est intarissable sur lui-même et à la longue, ça devient légèrement rébarbatif.

— J'ai une idée ! dis-je, ayant trouvé la solution pour le faire taire et pour que la soirée passe en un clin d'œil. J'aimerais vraiment comprendre ce qui te passionne dans Indiana Jones... Si on commandait une pizza et qu'on en regardait un ?

— Super idée !

Il a l'air très enthousiaste.

— Si tu aimes le premier, on pourra même faire un marathon ! ajoute-t-il.

Trop enthousiaste.

— Nous verrons... Un, ça me semble déjà bien pour débuter.

— OK. Je m'occupe des pizzas !

Il se rend dans le hall pour téléphoner et je m'installe sur le canapé, prête à subir le plus long visionnage télé de ma vie quand soudain...

Que vois-je sous mes yeux, offert à moi comme une femme nue ?

Son portable !

Décidément, la journée est belle !

Vite, vite ! Je n'ai que peu de temps.

A-t-il modifié son mot de passe ? Je tente.

Non !

C'est un homme confiant. S'il savait à qui il a affaire...

Je vais immédiatement voir les textos de Sasha.

Yes !

Il y a un nouveau message, envoyé aujourd'hui à 17 h 15.

Je te préviens : je débarque demain.

Aucune réponse de Romuald.

Est-ce que *Sasha* va vraiment nous rejoindre ?

Je l'espère de tout cœur : ma curiosité est piquée à vif et je meurs d'envie de savoir qui est cette personne !

Romuald a-t-il lu ce message ? Il n'a pas l'air stressé, lui qui s'est mis dans tous ses états lors des précédents appels !

Lorsque je l'entends revenir, je repose rapidement le portable sur la table et fais mine de m'intéresser aux tableaux sur les murs.

— Et voilà, dit-il. Pizzas commandées ! C'est parti !

Oui, comme tu dis... C'est parti !

11. OÙ LE ROMANTISME MANQUE DE SE TRANSFORMER EN RÉCIT XXX…

Je meurs d'ennui ! Indiana qui sauve une nana en jupe courte… Indiana qui s'empare du Graal… Indiana qui liquide les méchants à coups de lasso…

Romuald est totalement captivé et me donne des détails techniques sur certaines scènes. Il me dévoile même les dessous du tournage : on ne peut plus l'arrêter. Suivre ses commentaires ET me concentrer sur l'intrigue est de plus en plus difficile. J'ai les paupières lourdes… Tellement lourdes…

La seule chose qui me tienne un tant soit peu éveillée, c'est l'heure : mon rendez-vous approche à grande vitesse et le film n'est toujours pas fini. C'est tellement longuet que c'en est consternant.

Comment faire pour abréger ? Comment me débrouiller pour rejoindre Charles, si Romuald ne va pas se coucher ?

Je vais monter dans ma chambre… Peut-être que ça l'incitera à faire de même. Je pourrai alors filer en douce.

— Ouahhhh, dis-je avec un bâillement prononcé. Je suis TOTALEMENT fan, mais je pense que je vais aller dormir. Je suis épuisée, j'ai eu une grosse journée !

— Ah bon ? Tu en es sûre ? demande Romuald, l'air déçu. Tu vas manquer le passage où Indy décapite ce salaud de René Belloq ! Ça vaut le jus !

Je fais mine d'avoir un formidable sursaut d'intérêt alors qu'en vérité, méchants, gentils, je ne peux les distinguer les uns des autres tellement mon esprit est ailleurs.

Je me repasse en boucle le baiser de tout à l'heure. Et chaque fois, j'en ai des frissons.

À un moment, Romuald a même cru que j'avais peur tant je tremblais. Je ne l'ai pas détrompé, bien sûr... Il a alors passé son bras autour de mes épaules et j'ai craint qu'il ne tente un rapprochement.

— Ah ! J'hésite ! C'est tellement passionnant ! Mais... Non, je dois être raisonnable si je veux être en forme demain. J'ai pas mal de route pour rentrer ! dis-je enfin.

— Oui, tu as raison.

Je me penche et lui offre une bise prude.

— Bonne nuit, Romuald.

— Bonne nuit ! Je vais monter aussi, mais... Ah ! attrape-le, ce voleur ! Vas-y, Indy, décapite-le !

Il est de nouveau happé par l'histoire. Comment est-ce possible après quatre cent quatre-vingt-deux visionnages ? Comment est-ce possible tout court ?

Lorsque j'arrive dans ma chambre, je me garde bien de me changer : il est 22 heures. Plus qu'une heure et demie avant de rejoindre Charles !

Comment je vais faire, si Romuald continue à s'abrutir devant son film ?

Je m'approche de la fenêtre.

Je pourrais peut-être passer par là. C'est une possibilité...

Je serais un Roméo à l'envers.

Romantique !

Ou... dangereux.

En me penchant, je constate que la hauteur est conséquente. Vraiment conséquente. Mais il y a un arbre à portée de main... Enfin, *presque* à portée de main. Si je me tiens en équilibre sur le rebord de la fenêtre, que je saute habilement sur la première branche, que j'arrive ensuite à me jeter sur la deuxième bien plus bas, je pourrai peut-être m'en sortir vivante et rejoindre mon ténébreux soupirant.

Non... Trop risqué.

J'ai follement envie d'embrasser Charles de nouveau, mais je ne suis pas encore prête à risquer ma vie pour lui.

Option numéro deux : j'ai aperçu des somnifères dans la salle de bains. Peut-être pourrais-je les subtiliser, redescendre et préparer une tisane magique à Romuald ?

Il s'endormirait d'un sommeil lourd et sans rêves et moi je pourrais me tailler ni vu ni connu...

Non... Trop machiavélique...

Et puis, si je surdosais la mixture sans le faire exprès, Romuald se retrouverait à l'hôpital où les médecins lui prescriraient des analyses de sang et découvriraient qu'il a été drogué. La police ferait vite le lien avec moi... Je serais condamnée à perpétuité et même Charles ne voudrait pas m'apporter des oranges pour adoucir mon calvaire...

Je vois d'ici la une des journaux :

UNE CANDIDATE DE L'AMOUR AU VERT *EMPOISONNE SON HÔTE POUR SE VENGER DE L'ANNULATION DE L'ÉMISSION...*

Non, non, non !

Je n'ai plus qu'à patienter : Romuald va bien finir par monter.

Patience... Patience...

Je vais me reposer un petit peu en attendant... Patience...

Qui ? Que ? Quoi ?

Où suis-je ?

Qui me parle ?

Je reprends mes esprits, et m'empare avec fébrilité du réveil.

Ouf ! Il n'est que 23 h 20. Je ne me suis pas assoupie longtemps.

Il est encore temps ! Il me reste dix minutes avant le rendez-vous.

Est-ce que Romuald est allé se coucher ?

Je dois en avoir le cœur net.

Tout doucement, j'entrebâille la porte qui se met à grincer, bien sûr, alors qu'elle était parfaitement huilée la dernière fois que je l'ai ouverte.

Tout est sombre.

Prudemment, je m'avance vers l'escalier. Le rez-de-chaussée est éteint.

Génial ! Je peux y aller !

— Miam... Ann... Annamma...

Je sursaute violemment et me retourne, paniquée.

Romuald est là.

Romuald est là et se tient étrangement. Il se tient comme un vampire.

Je suis dans un de mes pires cauchemars : il fait partie des êtres maléfiques de la nuit et il veut me bouffer, c'est certain.

Il avance à pas traînants.

Quelle horreur ! Un mort vivant !

Je savais bien qu'un truc ne tournait pas rond chez lui...

Que dois-je faire ? Me précipiter dans l'escalier ?

Mauvais plan : elles font toutes ça, dans les films d'horreur, et, immanquablement, elles se pètent la cheville, devenant ainsi une proie facile pour leur prédateur.

Non. Autant affronter mon destin, comme cet Indiana à la mords-moi le nœud. J'allume la lumière et me tiens face à mon hôte, prête au combat ultime.

Il a les yeux à moitié fermés, se tient immobile et...

... Il ronfle.

Il *ronfle* ?

Je comprends ! Romuald n'est pas une créature maléfique ! Il est somnambule !

Soulagement... Je ne me sentais pas en état de batailler contre un ersatz de Dracula.

Heureusement, un soir, j'ai visionné intégralement un reportage de quatre heures montrant comment gérer les crises de somnambulisme. J'avais pris de la vitamine à la taurine parce que je devais sortir en boîte de nuit, mais la soirée avait été annulée. Résultat : je n'ai pas fermé l'œil de la nuit et je me suis enfilé toutes les émissions de M6 (et l'intégralité des glaces de mon congélateur).

Tout doucement, je m'approche de Romuald, le prends par le bras, puis susurre d'une voix caressante :

— Viens, très cher Romuald. Viens te coucher... Suis-moi !

— Carpes et brochets ! Feu ! me répond-il en s'agitant mollement.

Il résiste.

Ne surtout pas entrer dans son jeu. Le calmer. Le ramener à un sommeil paisible.

— Ne t'inquiète pas, Roro. Les carpes et les brochets sont en sécurité. Ils n'ont pas brûlé. Ils sont bien installés dans leur étang favori. Ils nagent doucement, tout doucement, avec de belles sirènes aux queues dorées. Ils s'apprêtent à dormir. Les paupières de la carpe sont lourdes... Celles du brochet aussi... Il est temps de faire dodo. « Dodo, l'enfant do, l'enfant dormira bientôt ! »

Quel talent ! Romuald se calme et me suit dans sa chambre.

Je l'incite à s'allonger et il se glisse docilement sous les couvertures.

Après être restée cinq minutes avec lui, m'assurant de la régularité de ses ronflements, je quitte la pièce.

Il aurait pu indiquer dans son portrait qu'il était somnambule, quand même ! C'est hyper flippant pour quelqu'un de non initié ! Enfin... J'ai su quoi faire, c'est l'essentiel.

Je consulte ma montre : 23 h 45.

Je suis affreusement en retard !

Sans attendre, je sors discrètement de la maison et traverse la cour rapidement. Maintenant que les caravanes sont parties, je n'ai plus rien à craindre.

La voiture de Charles est déjà garée devant l'entrée.

Je m'empresse d'y monter : je suis frigorifiée.

— Tu en as mis du temps ! dit-il d'une voix rauque. Tu as eu du mal à te libérer ?

Waouh... Cette voix... Serait-ce le signe du désir intense qu'il a pour moi ? Hum... Calme-toi, Anna. Calme-toi. C'est peut-être juste un début de bronchite.

— Oui ! Figure-toi que Romuald est somnambule, et au moment où j'allais te rejoindre, je l'ai vu dans le couloir. J'ai dû lui raconter tout un couplet sur les poissons pour qu'il se calme et se couche !

— Il a recommencé ? Je sais qu'il a été somnambule dans son enfance, mais il m'a dit qu'il n'avait plus de crises depuis très longtemps.

— Qu'est-ce qui a pu la lui provoquer ?

— Le somnambulisme est une pathologie difficile à cerner. On ne sait pas bien. Lorsqu'un patient recommence à en souffrir après de longues années de pause, on pense souvent à un effet du stress.

Du stress ? À cause des appels de Sasha qui a l'air de lui mettre une pression d'enfer ?

Je choisis de ne rien dévoiler à Charles. Un bon détective ne partage pas ses interrogations avant d'avoir des pistes sérieuses.

Et qui sait ce que je vais découvrir ? Que veut Sasha à Romuald ? Est-ce un homme ? Une femme ? Un concurrent ? Une ancienne maîtresse ?

— Étrange... Ce doit être l'annulation de l'émission... Quand je l'ai quitté, il avait l'air calme et bien endormi, en tout cas !

— Tant mieux... Il ne fera pas deux crises la même nuit. Alors, Anna, tu comptes rester jusqu'à quand ?

Tiens ! Je n'avais pas remarqué la petite fossette qu'il a au menton. C'est d'un viril !

— Je pense repartir très bientôt : demain ou après-demain... Je veux passer voir Amélie et ma filleule à l'hôpital avant.

— Ça nous laisse un peu de temps, alors...

C'est vrai ! Je n'y avais pas pensé ! On s'est embrassés, OK. Je compte bien recommencer, OK. Mais où tout ça va-t-il nous mener ?

J'habite à quatre cents kilomètres et les cartes postales enflammées, ce n'est pas mon truc. Remarque, on pourra peut-être se sextoter !

Charles, je suis brûlante et me caresse en pensant…

En pensant à quoi ? À son visage ? À ses mains ? À son… engin ? Ça a l'air assez délicat, les sextos, finalement !

Mais nous n'en sommes pas là, et je ne vais pas commencer à me torturer après un seul et unique baiser.

Cool…

Détachée.

Et puis, peut-être que Charles flirte uniquement pour s'amuser, sans se soucier de ce qu'il adviendra par la suite.

Après tout, il a raison, autant en profiter !

Comme s'il avait lu dans mes pensées, il m'attire à lui et m'embrasse fougueusement. Bien plus fougueusement qu'à l'hôpital…

J'en suis tout émoustillée !

Il doit s'en rendre compte car soudain, hop, il me soulève et m'installe sur lui.

Waouh, déjà ?

Sous cette blouse blanche se dissimule un authentique coquin, on dirait !

Il commence à poser ses mains un peu partout sur moi… Que faire ? Lui montrer que je suis une fille honorable et repousser ses avances ou…

Ahhhh ! Mais qu'est-ce qu'il fait avec sa langue ? Mon Dieu, c'est délicieux !

Ou… me laisser aller et me faire plaisir ?

Le dilemme me déchire…

Me déchire…

Ne me déchire plus du tout.

Ce qu'il est doué ! C'est incroyable ce qu'il peut faire avec sa bouche !

S'il est capable de ça rien que pendant les préliminaires, qu'est-ce que ça va être à l'étape suivante !

Je ne me doutais pas qu'une telle bête sommeillait en lui.

Soudain, il relève la tête de mon décolleté.

— Heu... Ça ne te paraît pas déplacé, j'espère...

— Quoi ? Faire des trucs sexuels dans ta voiture en cachette, après un seul baiser ? Mais nooooon, voyons ! Non !

— Tant mieux... J'y pense depuis tout à l'heure... J'ai envie de...

Sur ce, il se remet au travail.

Waouh, waouh, waouh... Mes fesses se posent régulièrement sur le volant : le klaxon s'active, mais tant pis, je n'y prête même pas attention !

Au moment où j'entreprends de le déshabiller, son téléphone sonne.

À quand un monde sans portable, bon sang ?

Je continue, sans me laisser abattre, mais le sens un peu déconcentré.

Qu'à cela ne tienne ! Je gémis, histoire de bien lui faire sentir que c'est magique, merveilleux, érotique...

Nouvel appel.

Cette fois, Charles s'interrompt.

Mais... Mais... Mais... Merde à la fin !

Il me repose délicatement sur mon siège et, marmonnant de vagues excuses, s'empare de son téléphone.

— Ça a raccroché, dit-il en jetant un coup d'œil à l'écran. L'appel vient de chez moi. Je me demande ce qui peut se passer. Pourquoi Claudette appelle-t-elle à cette heure-là ?

POURQUOI ? Bonne question...

— Je suis sûre que ce n'est pas grave. Peut-être est-ce Eliott qui joue avec le téléphone : tu sais, ce jeu de gosses où on appelle en pleine nuit et on raccroche ?

Je suis lamentable.

— Bon... Allez. Rappelle, dis-je en me ressaisissant.

Charles met le haut-parleur et compose le numéro de chez lui.

— Allô !

C'est le petit monstre qui a répondu d'une voix toute fluette.

— Je rentre du travail, Eliott. Pourquoi tu n'es pas au lit ?

— J'y étais, avec Claudette. On s'est endormis dans le couchage de Sioux, mais j'ai fait un cauchemar : un chien faisait des plans horribles pour tuer papa et maman et il y avait aussi un vampire, alors je me suis levé et je t'ai appelé.

Je crois reconnaître les personnages flippants de mon histoire et me sens un peu coupable : je n'aurais pas dû y aller aussi fort... En même temps, il voulait de l'action...

— Ne t'inquiète pas, Eliott, répond Charles. Tu te souviens que tu as eu tes parents au téléphone, aujourd'hui, et que tu vas très bientôt les revoir ! Pourquoi tu ne te recouches pas ?

— J'ai essayé, mais Claudette, elle ronfle comme un tracteur ! Pire que toi, tonton ! Et maman me manque...

— OK, j'ai compris. J'arrive, ne t'inquiète pas.

Nooooon !

La frustration m'envahit. Je VOULAIS coucher avec lui ! Je le VOULAIS ! Autant qu'une tartiflette en plein hiver !

— Tu y vas tout de suite ?

— Oui... Anna, je suis désolé. De toute façon, nous n'allions pas faire l'amour comme deux ados planqués dans une voiture. On vaut mieux que ça !

Parle pour toi ! Moi, ça ne me dérangeait pas de

le faire comme une ado planquée dans une voiture. Je ne vaux pas mieux que ça !

— Mais tu as bien deux minutes ? Tu sais, les enfants, ils ont peur un instant et hop ! Ça disparaît !

Au moment où je prononce ces mots, je me sens minable. Pire qu'une marâtre dans un conte de fées.

— Non, excuse-moi... Vas-y. Il a besoin de toi. C'est évident.

Comme moi.

— On va tout de même se revoir avant que tu partes ? demande Charles.

— Bien sûr ! Quand es-tu disponible ?

— Demain, je bosse toute la matinée... J'attends aussi l'appel des parents d'Eliott : je leur ai proposé de le ramener...

— Et moi, je dois passer voir Amélie dans la journée...

— Écoute, je te propose de venir te voir en début d'après-midi. Nous dirons tout à Romuald et nous nous éclipserons ensuite pour avoir un moment tous les deux.

Je sens la promesse de finir notre petite affaire dans sa voix : mon moral remonte en flèche !

— C'est parfait !

Après une dernière étreinte ultra-langoureuse, je sors de la voiture et m'éloigne, le cœur joyeux.

Lorsque je regagne mon lit, les événements de ces derniers jours défilent dans mon esprit.

L'accouchement d'Amélie, ma rencontre avec Lino, Claudette, Eliott...

Et surtout, surtout, je suis enfin tombée sur un homme que je ne trouve ni trop petit, ni trop grand, ni trop sérieux, ni trop immature... Mon seul regret est de devoir le quitter demain, alors que j'ai à peine appris à le connaître.

J'ai réussi à pardonner noblement à mon ennemie jurée, l'aidant même à retrouver une vie amoureuse épanouie. Bon, le mauvais côté de la chose, c'est que je suis son témoin. Si je n'organise pas son mariage comme elle le souhaite, redeviendra-t-elle l'ignoble Jenny-la-veine ? Rien n'est sûr... J'ai intérêt à assurer un maximum.

Et puis, il y a Romuald. L'insaisissable Romuald ! Qui lui plaît, finalement ? Moi ? Il n'est pourtant pas très assidu... Personne ? Peut-être est-il trop préoccupé pour songer à trouver l'amour ? J'ai hâte d'être à demain pour découvrir l'identité de Sasha et comprendre le conflit qui les oppose. Peut-être réussirai-je cette fois encore à résoudre les problèmes des autres ?

Mais qui va résoudre le mien ? Qui va faire en sorte que mon aventure avec Charles ne se résume pas à une amourette de trois jours ?

12. OÙ L'ON SAVOURE UNE BOLOGNAISE DANS UNE ATMOSPHÈRE ÉLECTRIQUE…

J'ai passé le reste de la nuit à gigoter d'excitation dans mon lit, au sens propre quand je pensais à Charles, au sens figuré lorsque j'imaginais l'arrivée de Sasha.

Ma curiosité est à son comble. J'espère… Que dis-je ? Je PRIE pour que cette personne vienne bien comme elle l'a annoncé. Je dois absolument connaître le fin mot de cette sombre affaire avant de partir, sinon elle m'obsédera jusqu'à la mort et au-delà. M'imaginer en fantôme torturé par ce mystère, errant dans les limbes de l'ignorance, me donne des frissons d'horreur pure. Pas de doute, le mystère doit être résolu aujourd'hui.

Mais avant toute chose, préparation de ma tenue *so* sexy en vue de mon entretien très très privé avec Charles… Il a dit qu'il viendrait cet après-midi : je dois être parée.

Tandis que je fouille dans ma valise pour dégainer mon soutien-gorge des grandes occasions, ma main bute sur un objet rond et lisse : ma boule magique aux huit réponses ! Mon porte-bonheur, mon conseiller le plus fidèle ! J'ai complètement oublié que je l'avais prise avec moi.

Je ferme les yeux, me concentre et pose ma première question : « Vais-je résoudre l'énigme Sasha ? » Je secoue la boule et lis la réponse : « Sans aucun doute. » Youpi ! Je savais que cette journée allait être riche en émotions ! Je tente une autre question, je sens que je suis en veine : « Vais-je coucher avec Charles ? » Réponse : « Aucune chance. »

Quoi ?

Ce machin débloque, ma parole ! Je le secoue comme une dingue, puis fais la même demande. « Hors de question. »

Non, mais je rêve !

Déçue, j'ose un dernier : « Vais-je au moins embrasser Charles ? » Réponse : « Très peu probable. »

N'importe quoi ! Les ondes de clairvoyance de ce truc sont brouillées par les arbres alentour, c'est évident.

Bien sûr que nous allons conclure ! Qu'est-ce qui pourrait nous en empêcher ?

Romuald ? Non, mais il faudra tout de même lui dire la vérité. Il sera heureux pour nous, j'en mettrais ma main à couper. Émerveillé par notre épique histoire d'amour, il sera même notre plus grand fan. Lorsque nous nous marierons, nous l'ordonnerons prêtre sur Internet et il bénira notre union. Ce sera tellement poignant... J'aimerais bien un lâcher d'hirondelles pendant la cérémonie. Oui, ça me plaît bien, un lâcher d'hirondelles...

Mais trêve de rêvasseries romantiques. Avant de descendre, je fais un passage par la salle de bains où j'extermine tout poil récalcitrant.

Une fois la chose exécutée avec une sévérité militaire, je m'en vais gaiement rejoindre Romuald que j'entends déjà s'affairer en bas. Il est en train de préparer le petit déjeuner. Contrairement à hier soir, il a l'air renfrogné.

— Salut, Anna ! Tu as bien dormi ? demande-t-il d'un ton morne.

— Oui, et toi ?

— Comme un bébé…

On ne dirait pas, vu ta tête !

Il a des cernes et l'air sinistre. En tout cas, il ne semble pas se souvenir de sa petite escapade nocturne.

— Tu ne te rappelles pas…

— Me rappeler quoi ?

— Eh bien… Je n'arrivais pas à dormir et je suis descendue pour… heu… boire un verre de lait. Très efficace, le calcium, en cas d'insomnie. Enfin bref, en retournant dans ma chambre, je t'ai vu.

— Vu ?

— Oui. Tu étais comme qui dirait endormi.

— Endormi ?

— Mais tu étais debout !

— Debout ?

Il compte répéter chacune de mes phrases jusqu'à la fin des temps ou quoi ? Il est longuet à la comprenette ce matin.

— Romuald, tu es somnambule.

Il ne réagit d'abord pas, puis serre les lèvres et secoue la tête.

— Non, tu as dû rêver ! Moi, somnambule ? Impossible !

Il est totalement dans le déni.

— Si, si, je t'assure ! Tu disais des choses sur les poissons… Tu n'as jamais été somnambule, auparavant ?

— Je te dis que non ! Tu l'as imaginé !

Il MENT ! Il ment, puisqu'il en a parlé à Charles !

— Tu sais, ce n'est pas dramatique, c'était plutôt rigolo en fait. Tu es tendu, en ce moment ? Il paraît que c'est lié…

— Je ne suis PAS somnambule, je ne suis PAS rigolo et ENCORE moins tendu, merci.

Ça va ! J'ai compris ! Pas la peine de me faire ces gros yeux noirs de truand armé ! C'est qu'il mordrait, le Roro en colère ! Je ne vais pas insister. J'en parlerai à Charles. Il saura quoi faire pour l'amener à regarder le problème en face. Charles, c'est un homme, un vrai !

Mon héros...

Mon sauveur...

Mon mââââle viril... Viril... Hum, viril...

Non, non, non. Il ne faut pas que je m'engouffre dans cette voie-là.

Prenons un air normal. Pas béat.

Romuald s'attable et, d'un geste, me prie sèchement de m'asseoir. Nous mangeons dans un silence inhabituel. Il est stressé, quoi qu'il en dise, sinon il ne mâcherait pas si fort ses Cracotte. Ses « *scrountch-scrountch* » résonnent dans la cuisine. Il va s'en briser la mâchoire, s'il continue à ce rythme-là !

Il n'était pas dans cet état-là, hier soir. A-t-il vu le texto de Sasha cette nuit ? Ce matin peut-être ?

Cette fois, il appuie si fort en beurrant sa tartine qu'elle explose, s'effritant comme de la sciure.

OK. Cas d'urgence. Je sors l'artillerie lourde.

— Et Indiana, alors ? J'ai hâte de voir la suite !

— Hum.

Quoi ? Même Indy n'arrive pas à le dérider ? L'affaire est gravissime.

La faute à Sasha, j'en suis certaine !

J'engloutis mon petit déjeuner à une vitesse vertigineuse, histoire d'abréger ce tête-à-tête pesant, mais Romuald se lève alors, sans même avoir fini son café.

— Excuse-moi, j'ai une tonne de choses à faire aujourd'hui. Je serai aux cuves, si tu me cherches. Et toi, qu'est-ce que tu comptes faire ?

— Je vais rester tranquillement ici si ça ne te dérange pas, puis j'irai voir Amélie. Et ce soir, je repartirai.

— Déjà ?

Il m'effleure l'épaule, s'adoucissant légèrement.

— Tu vas me manquer, tu sais.

— Heu... Oui, merci.

Je ne pensais pas que je lui faisais cet effet-là...

Je l'accompagne à la porte et lorsque j'ouvre, nous tombons nez à nez avec Lino, prêt à sonner. Je suis ravie de le revoir avant de partir. Après tout, il a été le premier à me soutenir au cours de mon calvaire nommé « Jenny ».

— Salut, vous deux ! Romuald, je suis revenu pour le bilan du stage et la dernière journée d'immersion !

— Oh ! c'est vrai, j'avais oublié, répond celui-ci, l'air ailleurs. Jo va arriver dans une trentaine de minutes pour s'occuper des mises en bouteilles. Tu n'auras qu'à le rejoindre.

Puis il s'éloigne sans un mot.

— Aloooooors ? susurre Lino d'un ton mielleux. Ça se passe bien ? Il y a de l'action ? Ne m'en veux pas, mais ton homme n'a pas l'air hyper épanoui. Tu crois qu'il est déçu de ne plus passer à la télé ou bien vous avez eu votre première dispute d'amoureux ?

— Tu n'y es pas du tout, jeune homme. Qui te dit que nous sommes ensemble ?

— Bof, je ne sais pas. J'observe. Je suppose. Tu sais qu'on m'a toujours dit que j'étais précoce ? Je me trompe rarement... L'émission est finie : tu ne serais plus là, s'il n'y avait pas une petite coucherie dans l'air.

— Je vais te décevoir, alors, Lino : ce n'est pas le cas !

— Ah ? Tu n'as pas réussi à claquer son bec à cette pimbêche de Jenny ?

— Si, justement. Elle a disparu.

— Disparu ? C'est-à-dire ? Partie ou bien tu l'as tuée et tu as caché son corps dans la nature ? Je savais qu'au fond de toi sommeillait une véritable bête sauvage ! Grrrrrr !

— Que tu es bête ! Si on faisait un petit tour ? Je te raconterai tout, dis-je en lui prenant le bras. Ça me fait plaisir de te revoir avant mon départ !

Alors que nous errons dans la propriété, je lui raconte la grande épopée Jenny-Romuald-Staton. Il roule de gros yeux étonnés et acquiesce à chacun de mes mots. Il est carrément épaté, quand je lui rapporte le grand final de la réconciliation et du mariage.

— Si je comprends bien, tu as Romuald tout à toi, maintenant...

— Moui.

— Moui ? C'est tout l'effet que ça te fait ?

— Ben, je crois que nous ne sommes pas faits l'un pour l'autre.

— Ah bon ? Pourtant, tu avais l'air vraiment motivée, la dernière fois.

— Je sais...

— C'est tellement volage, une femme... C'est quoi, ce petit sourire en coin ?

— Rien, c'est confidentiel !

— Si tu ne veux pas me raconter, tant pis..., répond-il en haussant les épaules, l'air boudeur. Mais tu abuses : j'ai toujours été là pour toi, tel un fidèle chevalier !

— Lino ! Ramène-toi au lieu de causer à la donzelle !

Ce doit être le fameux Jo. Effectivement, lorsque je me retourne, j'aperçois un vieil homme sec et énergique qui nous fait de grands signes.

— Je dois y aller, Anna, sinon il va me botter le cul : il travaille à l'ancienne. Tu pars quand ?

— Ce soir.

— Je te reverrai, alors, je finis à 18 heures. Je viendrai te faire la bise !

— À tout à l'heure !

Je le regarde s'éloigner. Décidément, il est super, ce gosse.

Après avoir pris mon courage à deux mains pour entrer dans l'écurie et faire mes adieux à Johnny Farwest (je lui dois bien ça : c'est quand même lui qui m'a sauvée des griffes de Star Brune), je décide d'occuper ma matinée à regarder un DVD.

Tout sauf Indiana Jones ! Je fouille dans les rayons de la bibliothèque et tombe enfin sur un film à ma hauteur : *Love Actually.* Chouette !

Je m'installe confortablement et allume la télévision.

Ahhhh, je vibre en même temps que Natalie devant le Premier ministre et pense à Charles à chaque œillade enflammée...

Vivement cet après-midi, vivement cet après-midi !

Une fois le film fini, je tourne un peu en rond, puis entame la préparation du repas pour passer le temps. Je vais enfin pouvoir concocter ma bolognaise magique, sans que Jenny la gâche ! Bon, il ne faut pas qu'elle soit trop parfaite non plus... Cette fois, je ne voudrais pas que Romuald en tombe amoureux et que, par ricochet, il devienne fou de moi.

Je suis en plein dans ma préparation, quand la sonnette résonne, me faisant sursauter.

Je vais ouvrir et devine immédiatement l'identité de la personne que j'ai en face de moi : Sasha.

— Bonjour, je suis désolé de vous déranger. Est-ce que Romuald est là, s'il vous plaît ?

Sasha est donc un homme. Canon de surcroît !

Il a les cheveux un peu fous, frisés, et de grands yeux noisette aux cils très longs qui lui donnent un air absolument doux.

Il ressemble à un séraphin version virile.

— Je suis son… cousin, Sasha. Je souhaiterais le voir. C'est assez urgent.

Mon âme de mentaliste me souffle que l'hésitation avant « cousin » n'est pas anodine. Je scrute son regard pour y déceler le mensonge, mais n'y trouve rien qu'une expression polie doublée d'une légère impatience.

— Je suis désolée, Romuald n'est pas encore rentré. Quelle heure est-il ? Midi moins le quart, dis-je en avisant l'horloge. Il ne va pas tarder. Voulez-vous l'attendre ici ?

— S'il vous plaît, oui.

— Suivez-moi. Je m'excuse : j'étais en train de préparer une bolognaise…

— Vous devez être une des candidates de l'émission annulée.

— Oui, je suis Anna. Vous voulez un café ?

— Oui, merci.

Il me regarde étrangement : est-ce qu'il me prend pour une *wannabe* de la téléréalité, comme l'a cru Charles au départ ? Je choisis de l'ignorer.

— Vous êtes cousins, alors ? Où habitez-vous ? Vous êtes venu lui rendre une petite visite ?

— Oui. Une petite visite, comme vous dites, répond-il froidement. Je n'habite pas très loin, à Chalon.

Il n'a pas l'air si sympathique que ça, finalement, mais je dois absolument entretenir la conversation afin de découvrir la véritable raison de sa venue.

— C'est super ! Moi, je n'ai qu'une cousine ; elle habite loin et me déteste depuis le jour où j'ai fait caca dans un bain en faisant croire que c'était elle.

Il est interloqué et a l'air complètement écœuré.

— J'avais 3 ans, je tiens à le préciser ! Mais je m'égare. Ce doit être très agréable d'avoir un cousin à proximité ! La famille, il n'y a que ça de vrai !

— Oui, oui...

Je n'ai pas l'impression qu'il m'écoute réellement. Il scrute nerveusement la cour à travers la fenêtre.

Tout ça n'a rien d'une visite de courtoisie, c'est évident. Admettons qu'il soit réellement le cousin de Romuald, que peut-il se passer entre eux ? Une sombre histoire de secrets familiaux ? Une affaire d'héritage volé ? Les suppositions défilent en moi à toute vitesse, tandis que le silence s'installe, gênant.

— Et... Heu... Sinon, vous êtes fan d'Indiana Jones, comme lui ?

Sans transition.

Mais c'est toujours un début de conversation !

— Non. Je déteste Indiana Jones. Je le trouve benêt et les dialogues du film sont désolants.

Nous avons donc un point commun ! Surfons sur la vague pour le mettre en confiance !

— Je suis tout à fait d'accord ! Les DVD d'Indiana Jones, c'est le mal. Mais ne dites pas à Romuald que je vous ai confié ça.

— Pourquoi ? Vous vous préoccupez de son opinion ?

La question est un peu cinglante, mais je choisis de le prendre comme une boutade.

— Bien sûr, voyons, je suis une candidate motivée !

— Voyez-vous ça ?

— Je... Je plaisantais...

Il me regarde intensément et s'apprête à me dire quelque chose, lorsque la porte d'entrée claque.

— Anna ?

— Romuald ! Nous sommes ici !

Il fait irruption dans la pièce et je me concentre au maximum, prête à tout analyser, à tout observer.

Que va-t-il se passer ?

Vais-je découvrir l'ignominieux secret de mon hôte ?

Lorsque Romuald aperçoit Sasha, il se fige et la colère envahit ses traits. Il serre les poings.

Un combat ? Alors là ! Si je m'étais attendue à ça ! Faut-il que je prépare des cotons et du désinfectant ?

Mais Sasha se lève et va le saluer. Je suis vaguement déçue : deux hommes qui s'empoignent, ça m'a toujours fait de l'effet.

— Salut ! claironne-t-il d'un ton insolent. Tu vois ! Je suis venu !

Romuald accepte sa poignée de main avec réticence et ne cesse de me jeter des coups d'œil embarrassés.

Je décide donc d'intervenir.

— Sasha, souhaitez-vous manger avec nous ? Quand il y en a pour deux, il y en a pour trois !

Si les yeux de Romuald étaient des poignards, je ne serais plus qu'un amas de chair sanglante. Mais il faut ce qu'il faut pour découvrir la vérité.

Sasha se tourne vers moi avec un sourire mauvais.

— Avec plaisir !

Comment ai-je pu déceler de la douceur sur ce visage maintenant diabolique ? Serait-ce une Jenny version masculine ?

— Tu en es sûr, Sasha ? intervient Romuald. Tu dois avoir énormément de travail en cette période d'impôt.

— Merci pour ta sollicitude, mais mes dossiers sont à jour !

Impôts ?

Sasha est comptable. C'est donc une histoire d'argent qui les oppose. Romuald a dû truquer ses comptes. Il a peut-être des millions planqués aux îles Caïmans, qui sait ? Son « cousin », ou plutôt son comptable (à moins qu'il ne soit les deux), l'a découvert. Épris de justice et de transparence, il a décidé de dénoncer Romuald aux autorités... Quelle horreur ! Que va devenir Johnny Farwest sans son maître ? Je pourrais le ramener à Montpellier avec moi, mais il serait légèrement encombrant...

— Sasha, vous êtes le comptable de votre cousin ?

— Exactement. Un comptable *très* dévoué.

Double sens ! Double sens ! Je sens le double sens à plein nez ! Il cherche manifestement à mettre Romuald mal à l'aise, mais celui-ci ne réagit pas. Il reste debout, immobile, prostré, et je m'en veux d'avoir lancé cette invitation... Mais la vérité doit triompher, envers et contre tout.

— Passons à table !

Je me dirige avec un entrain forcé vers les placards et m'agite pour mettre le couvert, alors que mes deux compagnons s'installent et se regardent en chiens de faïence. Bonjour, ambiance... J'en serais presque à nous préparer un petit mojito et lancer ma compil « Soirée de foly ».

Je m'installe à côté d'eux et personne ne pipe mot. Bon... OK. Je vois que je vais devoir m'y coller une fois encore...

— Alors, Romuald, ta matinée a été bonne ?

— Délicieuse jusqu'à maintenant, répond-il d'un ton aigre.

— Est-ce que je dois le prendre pour moi ? demande Sasha.

— Je ne sais pas. Qu'est-ce qui peut bien te faire penser que ça s'adresse à celui qui se pointe chez moi sans y être invité ?

Oh ! oh... Il y a de l'eau dans le gaz...

— Je dérange ? Tu souhaitais rester en tête à tête avec la demoiselle, peut-être ?

— Tu as vu juste, admet férocement Romuald en agrippant ma main dans un geste qui se veut possessif.

Aïe, il serre comme un dingue ! Qu'est-ce qui lui prend ?

Comment veut-il que j'enroule mes spaghettis correctement autour de ma fourchette, s'il m'emprisonne les doigts comme un étau ? Je tente de me dégager, mais rien n'y fait. Il insiste. J'ai l'impression qu'il va me broyer les os, tellement il serre. C'est infâme, pire que la poigne d'Amélie en pleine contraction !

Sasha nous regarde et souffle d'un air méprisant :

— Ce que tu es puéril, mon pauvre Romuald !

— Puéril, moi ?

— Oui. Toi.

Alors là, je n'y comprends plus rien mais je m'en fiche, je VEUX retrouver l'usage de ma main. Je me mets à tirer très fort et, au bout de deux abominables minutes de lutte, réussis à la dégager. Dans le mouvement, je bute sur l'assiette de Romuald, qui vient bien entendu se répandre sur mon pull.

Super !

Si jamais je conclus avec Charles, tout à l'heure, on fera l'amour à la bolognaise. Merveilleux !

Je devrais aller me changer, mais je ne veux pas en rater une miette... Tant pis, je m'essuie rapidos avec ma serviette et me rassieds.

Un grand silence se fait. Silence que je décide, une fois encore, de briser. Si je détends l'atmosphère, peut-être que j'en saurai plus ! Ou alors, je leur fonce droit dans le lard... J'hésite... J'hésite...

— Alors, Sasha, les finances de Romuald sont-elles au beau fixe ?

J'opte pour la version « sans finesse », mais tant pis. De toute façon, le tact, ça n'a jamais été mon fort...

Sasha fait les yeux ronds et Romuald me regarde, l'air abasourdi.

— Bon, dis-je, tentant le tout pour le tout. Je vois bien que c'est tendu entre vous. Alors, autant jouer franc-jeu, non ? Déballez vos rancunes ! On s'explique, on trinque et on passe un bon après-midi ! C'est quoi, l'affaire ? Une histoire de gros sous ? Allez, lâchez-vous ! Il paraît que je suis une excellente confidente.

— Je n'en doute pas, dit Sasha avec un petit rire ironique. Je veux bien tout raconter, moi...

— Non ! crie Romuald.

— Romuald..., commencé-je avec bienveillance, si tu as truqué tes comptes, personne ne t'en voudra. Sasha ne te dénoncera pas, hein, Sasha ? Il y a toujours moyen d'ajouter un petit zéro par-ci par-là, non ?

— Mes comptes sont tout à fait honnêtes, qu'est-ce que tu crois ? siffle Romuald, outré.

— Tu en es sûr ? Vu que Sasha est ton comptable et qu'il a l'air de t'en vouloir, il semble évident que votre mésentente concerne ta situation financière, non ? À moins que ce ne soit autre chose ?

Mais quoi ?

— Elle ne se doute vraiment de rien ? intervient Sasha.

— Elle n'a pas à se douter de quoi que ce soit, étant donné qu'il n'y a rien à savoir ! rétorque Romuald, cinglant.

Ils s'affrontent du regard un moment, puis Sasha repousse sa chaise, vaincu.

— Je laisse tomber. Tout ça ne sert à rien. J'y vais. Je ne t'importunerai plus. Sois tranquille.

Et moi, je n'aurai même pas le fin mot de l'histoire...

— Attends ! Tu es sûr que tu ne veux pas un petit

dessert ? Il y a de la Danette. Tout le monde se lève pour Danette, non ?

Pas un rire, ni même un pauvre gloussement.

Oui, je sais, j'aurais pu trouver mieux, j'en suis consciente. Mais il faut à tout prix que je le retienne !

— Non, merci, j'en ai assez vu et entendu.

— Attends..., grommelle Romuald.

Ah ?

— Attends quoi ? Ça fait un bout de temps que j'attends, maintenant, et pour tout te dire, j'en ai ma claque d'attendre !

Romuald se lève et s'approche de lui, posant la main sur son épaule dans un geste d'apaisement.

— Mais dis-lui la vérité, bon sang ! crie Sasha en le repoussant. Dis-lui que ce jeu n'est qu'une farce ! Que tu as déjà quelqu'un dans ta vie !

Quoi ? Romuald aurait une femme, voire des enfants cachés ?

Compris ! Il a une famille secrète dont il ne s'occupe pas, alors que ce brave Sasha, en cousin dévoué, prend soin d'eux et tente de le ramener à la raison.

Romuald ne répond pas.

Devant son manque de réaction, Sasha devient rouge, rouge, rouge. Il faut qu'il se calme, c'est très mauvais pour les artères. Soudain, il explose.

— MAIS DIS-LUI QUE TU ES HOMO ET QUE TU ME FAIS TOURNER EN BOURRIQUE DEPUIS DES MOIS !

Alors là ! J'avoue que je suis larguée ! Voilà qui explique certaines choses : par exemple, la raison pour laquelle Romuald a repoussé Jenny. En fait, ce n'était pas pour moi... C'était pour... Sasha ?

Sasha qui n'est pas son cousin, bien sûr : mes impressionnantes qualités d'observation ne m'avaient pas trompée. Je m'en doutais !

Pourquoi Romuald a-t-il participé à l'émission, alors ?

— Tu dis n'importe quoi, répond mollement Romuald.

Sasha me jette un regard suppliant. Je comprends que je dois m'éclipser, leur laisser de l'intimité.

Je sors illico prendre l'air et réfléchir à tout ça. Je n'en reviens pas ! Un homme comme Romuald, ne pas assumer son homosexualité ? C'est d'un triste !

Qu'aurait-il fait, si l'émission n'avait pas été annulée ?

Est-ce que Sasha n'est qu'un fantasme sexuel pour lui, ou plus que ça ?

J'en suis là de mes réflexions, lorsque j'entends la porte claquer. Romuald se précipite vers moi.

— Anna, ne le crois pas ! Il est fou... C'est un ami qui a toujours voulu avoir une aventure avec moi, mais je l'ai repoussé à maintes reprises ! Je ne suis pas homo !

— Et si tu l'étais, qu'est-ce que ça pourrait bien faire ?

— Mais je ne le suis PAS ! Je ne le suis pas !

Tiens, tiens, tiens, je reconnais le petit ton de déni de ce matin !

— Permets-moi d'en douter, vu la force avec laquelle tu le nies ! Enfin, ce ne sont pas mes affaires !

— Mais non, je t'assure. Anna... C'est... C'est toi que je veux !

À ces mots, il se jette sur moi, colle sa bouche contre la mienne et tente d'y introduire sa grosse langue. Pas franchement renversant. Je suis tellement surprise que j'en reste pantoise.

Pantoise... Jusqu'à ce que j'entende une voix.

Cette voix.

LA voix à laquelle j'ai pensé toute la nuit...

La voix de Charles.

— Eh bien... Je vois que je dérange.

Non, non, non !

Je fais immédiatement volte-face et constate l'étendue des dégâts : Charles a l'air particulièrement mécontent.

— Non, attends... Ce n'est pas ce que tu crois !

— C'est drôle le nombre de fois où tu peux prononcer cette phrase. Chaque fois, un gros mensonge s'ensuit. Laisse tomber, Anna. Ne te donne pas la peine d'inventer toute une histoire. Je vous félicite tous les deux. L'émission n'aura pas été inutile.

Il ne comprend pas !

Dois-je hurler que Romuald est gay ?

Je ne sais que faire. Je me tourne vers ce dernier qui a l'air de ne rien comprendre, en désespoir de cause.

Plus loin, sur le perron, Sasha nous observe.

Sans un mot, Charles fait demi-tour et s'éloigne à grandes enjambées rageuses.

Je lui cours après et réussis à le rattraper par le bras. Il se dégage aussitôt.

— Non, Anna. C'est bon. J'ai compris. Et dire que tu critiquais Jenny ! Tu ne vaux pas mieux qu'elle.

Je lis un mépris total dans son regard et, soufflée, le lâche immédiatement.

Une fois qu'il a disparu derrière les arbres de l'allée, je me tourne vers Romuald et Sasha, les larmes aux yeux.

Tout est gâché.

TOUT !

13. OÙ L'ON TENTE DE RECONQUÉRIR UN CŒUR...

Romuald paraît complètement effaré et se tapote nerveusement les cuisses : il ressemble en tout point à un canard qui a des difficultés à s'envoler, mais je n'ai pas le cœur à rire.

Je le rejoins, ravalant mes larmes, bien décidée à lui expliquer ce qui se passe.

— Charles et moi sommes tombés l'un sur l'autre un soir où je me promenais, ne réussissant pas à dormir. Nous avons beaucoup parlé et je ne sais comment, au hasard des rencontres, nous nous sommes rapprochés. Tout s'est enchaîné... Nous sommes... ou plutôt nous étions ensemble.

— Quoi ? Quand vous êtes-vous revus ? Où ? clame-t-il en serrant les poings.

Il ne veut quand même pas me faire croire qu'il est jaloux ?

Ridicule !

Il aurait pu être convaincant s'il ne surjouait pas autant !

— Aucune importance. Romuald... Nous savons pertinemment, toi et moi, qu'il n'y a pas d'atomes crochus entre nous. Je t'apprécie beaucoup mais ça ne va pas plus loin. Et je suis persuadée que de ton côté c'est la même chose !

Sa pseudo-colère fond comme Sundae au soleil et laisse la place à un air complètement égaré. Il tente toutefois de nier.

— Tu te trompes, Anna.

— Arrête, je sais que je ne t'attire pas, même si, je le concède, c'est difficile à croire : je suis tellement irrésistible !

J'essaye de plaisanter, mais je n'ai vraiment, vraiment pas le cœur à rire...

Il secoue la tête et je décide alors de dégainer mon arme fatale : les gros yeux, technique infaillible pour faire avouer ses forfaits à mon infernale nièce de 6 ans. Ça marche aussi sur les trentenaires obstinés, apparemment.

Penaud, il baisse la tête.

— Oui, bon... Je l'admets.

Il faut que je la fasse breveter, cette technique !

— Pourquoi ce baiser précipité, alors ?

— Parce qu'à son âge Romuald ne s'assume toujours pas, répond à sa place Sasha, qui s'est approché silencieusement. Il jouait l'hétéro dans toute sa splendeur !

Romuald rougit, serre les lèvres et s'essuie le front d'un revers de la main. Il transpire alors que nous gelons sur place ? Impossible ! Ce sont des bouffées d'angoisse, c'est certain !

— Il affabule !

Le ton est tellement peu concluant ! Si le moment n'était pas crucial, je lui donnerais bien deux ou trois astuces pour améliorer sa piètre prestation.

— Romuald ? l'encouragé-je en me plantant face à lui et le regardant droit dans les yeux.

— Romuald ! insiste Sasha.

Un long silence s'ensuit. La pression est trop forte.

Agacé, tendu, mortifié, misérable, mon hôte se détache de nous et explose.

— Bon, oui, d'accord ! Je suis gay, voilà ! Vous êtes satisfaits d'avoir aidé un pauvre mec refoulé à s'assumer ? Vous vous sentez fiers de vous ? Vous avez gagné votre journée ? Tu as eu ce que tu voulais, Sasha, n'est-ce pas ? Merci en tout cas, merci beaucoup, ajoute-t-il d'un ton amer.

Sasha a retrouvé son air doux : il est bien plus charmant ainsi...

— Tu devrais me remercier pour de bon, Romuald. Tu ne peux plus vivre de cette manière ! Ça fait un an que nous nous voyons régulièrement, que nous couchons ensemble, partageons des choses, en nous cachant... Jusqu'à cette idée d'émission stupide...

C'est vrai, tiens !

— Pourquoi as-tu voulu participer à *L'Amour au vert* ?

Romuald est très mal à l'aise mais légèrement plus calme. Après avoir jeté un regard honteux à Sasha, il se résigne et commence, hésitant :

— J'ai... J'ai voulu me prouver à moi-même que je n'étais pas gay et montrer à ma famille que j'étais capable de trouver quelqu'un.

— Mais comment espérais-tu te prouver à toi-même que tu n'es pas homo, puisque tu l'es ? demande Sasha.

Il a visiblement envie de secouer Romuald comme un prunier pour avoir débité une pareille énormité, mais garde un self-control admirable.

— Je ne sais pas... C'était stupide. Sans vouloir t'offenser, Anna, tu ne m'as jamais plu. Ni Jenny, d'ailleurs. Je me suis forcé à jouer le célibataire intéressé et séducteur, mais au fond de moi, je savais bien que ça ne marcherait pas.

Ah ! là, là... C'est terrible de ne pas réussir à

s'accepter ! J'en sais quelque chose : j'ai beaucoup souffert il y a trois ans de ça, lorsque je suis sortie avec mon charmant voisin végétarien. Il détestait les mangeurs de viande, qu'il surnommait « les assoiffés de sang ». Je me suis privée de bœuf bourguignon et autres joyeusetés pendant un mois, n'osant lui avouer ma terrible inclination carnivore, jusqu'au moment où j'ai pris une grande décision : je devais être fière de ce que j'étais — une dévoreuse de bovins — et l'assumer ! Quand j'ai fait mon *coming out*, il m'a jetée comme une vieille chaussette, mais ce n'était rien comparé à la satisfaction de m'être acceptée. Je dois donc convaincre Romuald d'en faire autant, grâce à l'âme de mentor qui sommeille en moi.

— Romuald, tu crois vraiment que les gens vont te tourner le dos ou te critiquer parce que tu es homo ? On vit au XXIe siècle, bon sang !

— Facile à dire : tu habites à Montpellier, c'est une grande ville. Tout le monde fait ce qu'il veut, quand il veut. Ici, les gens observent, cancanent…

— Et alors ? Ils vont en faire des gorges chaudes pendant un mois et basta ! Sans vouloir te vexer, tu n'es pas si intéressant que ça ! Quant à ta famille, je ne les connais pas mais s'ils n'acceptent pas ce que tu es au fond de toi, eh bien, tant pis pour eux. Tu as 38 ans ! Il est temps de vivre comme tu l'entends !

Romuald se tortille, hésite, souffle.

— Je t'aiderai, ajoute Sasha, encourageant.

— Je n'oserai jamais, murmure Romuald.

— Mais si. Petit à petit !

Romuald nous regarde et un sourire timide se dessine sur ses lèvres.

— Après tout, pourquoi pas ? De toute façon, je crois que j'ai atteint un point de non-retour. Les filles ne me plairont jamais, je m'en suis bien rendu compte ces derniers jours. Tous ces piaillements... Ces cheveux dans la baignoire...

Quoi ? Il est gonflé ! J'ai toujours laissé la salle de bains dans un état irréprochable !

— Mais je ne suis pas encore prêt à le clamer au monde entier, ajoute-t-il prudemment.

— J'attendrai, promet Sasha. Si tu es décidé, je suis prêt à être patient.

— Merci à vous deux. J'ai l'impression d'être libéré d'un poids.

À vous deux, à vous deux, comme il y va ! Merci à moi, surtout ! Rien de tout ça ne serait arrivé sans moi !

Ingrat !

Enfin, passons. Tout est bien qui finit bien dans le meilleur des mondes... Ils vécurent heureux et eurent beaucoup d'enfants, bla-bla-bla...

N'empêche que dans l'histoire, il y en a une qui reste sur le carreau... Suis-je destinée à être la bonne fée qui aide les autres mais reste célibataire jusqu'à la fin des temps ?

Alors que je me force à sourire, Romuald me prend par les épaules.

— Désolé de t'avoir embrassée, Anna. J'espère ne pas avoir tout gâché entre Charles et toi...

— Je devrais aller le trouver, tout lui expliquer. Mais vu le regard qu'il m'a jeté en partant, j'ai le sentiment que ce sera difficile. J'ai l'impression qu'il me méprise totalement.

— Allez, courage ! Si j'ai trouvé la force d'avouer mon attirance pour les hommes...

— Pour *moi*, tu veux dire ? corrige Sasha.

— Oui, pour toi... Tu peux le faire, Anna !

Je ne suis guère convaincue, mais je peux toujours

tenter le coup. Il est clair que je ressens des choses pour Charles. Je n'ai aucune envie de le laisser filer.

— Vous croyez qu'il acceptera de m'écouter ? Romuald, ça signifie que je lui dirai la vérité à propos de toi. Tu es d'accord ?

— Il faut bien commencer quelque part, répond-il, résigné.

Sasha lui prend la main et la lui serre.

Jenny et Staton... Sasha et Romuald... Le monde qui m'entoure déborde de couples qui roucoulent niaisement. Alors pourquoi je n'aurais pas droit aussi à un peu de bonheur ?

Après tout, rien n'est perdu. Une fois que je lui aurai tout expliqué, Charles me pardonnera. Peut-être même que j'aurai droit à une réconciliation torride sur l'oreiller. Une réconciliation qui durera jusqu'au bout de la nuit, puis je me réveillerai le make-up intact et l'haleine fraîche, comme au cinéma.

Requinquée et supra motivée, je salue Romuald et Sasha.

— Bon, ce n'est pas tout, mais j'ai un homme à reconquérir, moi ! Je vous laisse !

Horrifié, Sasha me retient par la manche.

— Attends. Tu ne vas pas y aller comme ça !

Il pointe du doigt l'énorme tache de sauce bolognaise qui orne mon pull. C'est vrai qu'elle est monstrueuse, mais je n'ai pas le temps de me changer : l'amour avant tout.

— Je l'ai séduit en ayant l'air d'une gueuse, il peut faire l'impasse sur un peu de sauce tomate, dis-je en m'éloignant, sous l'œil amusé de mes deux tourtereaux.

Je fonce chez Charles comme un livreur de pizzas en retard, pour constater avec déception que sa voiture n'est pas garée dans la cour. Crotte de crotte ! Il est déjà parti ? Pourtant, ma conversation avec Romuald et Sasha n'a pas duré si longtemps !

Je me jette contre sa porte et frappe trois coups violents.

Sois là ! Sois là ! Sois là !

Allez !

Allez...

Personne.

Où aller ? Que faire ?

— Hé ! vous ! La chtiote dame !

Lorsque je me retourne, j'aperçois une vieille femme qui doit être la voisine de Charles. Elle est complètement rabougrie, mais le fond de l'œil est vif. Elle s'accoude à la haie qui sépare les deux maisons, tirant nonchalamment sur une énorme pipe.

— Qu'est-ce que vous lui voulez, au chtiot ?

Chtiot, chtiot... Je présume qu'il s'agit de Charles. Mais de quoi elle se mêle ?

J'ai bien envie de lui dire que je suis une call-girl, histoire de lui en boucher un coin, mais m'abstiens : je ne veux pas briser la réputation d'homme respectable de Charles.

— Rien... Je viens lui rendre visite, c'est tout !

— Et qu'est-ce donc que t'as là, sur ton pull. Du sang ? T'as égorgé le lapin pour un civet ?

— Non, je n'ai pas « égorgé le lapin pour un civet ». J'ai seulement fait une bolognaise et lorsque nous avons mangé...

— Hé ! si t'sieus pas manger comme il faut, faut mettre le bavoir, hein !

Elle ricane, ravie de sa vanne foireuse, dévoilant au passage une armée de chicots noirâtres. Elle ressemble furieusement à la méchante reine dans *Blanche Neige*. Va-t-elle m'offrir une pomme ?

Oui ! Elle fouille dans sa poche... pour en sortir un mouchoir plus très net.

— Et tu voudrais savoir où que s'trouve le chtiot, hein ? demande-t-elle entre deux extractions nasales.

Pitié, oui, oui, oui !

— Ce serait vraiment très aimable de votre part de me le dire, madame.

— Comment qu'elle cause, la citadine ! T'es d'la grande ville ? me demande-t-elle, soudain méfiante. Tu lui veux quoi, au Charlot ?

Mais c'est incroyable ! Qu'est-ce qu'elles ont toutes, ces vieilles, à le protéger comme le trésor de la mer Morte ? Claudette, elle... Pff, vais-je *encore* devoir raconter mes pathétiques mésaventures ?

Hors de question !

— Très bien... Je suis Meredith Grey, chef des urgences. Je cherche Charles parce qu'il a commis une erreur. Une énorme erreur de diagnostic. Ça pourrait aller très loin. La famille du patient appartient à une bande très très dangereuse et le recherche. Elle m'a menacée pour que je dise où il se trouve actuellement. Je dois le voir absolument pour le prévenir, lui dire de se cacher...

Elle ouvre de grands yeux horrifiés et lève une main tremblante vers moi.

— J'vas... J'vas tout vous dire, si vous me jurez de l'aider. Jurez-le !

— Je le promets.

— Mieux qu'ça !

La vache, elle est coriace, celle-là !

— Je vous le jure solennellement. Croix de bois, croix de fer, si je mens, je vais en enfer.

— Bon. Il a emmené le chti chtiot à la gare de Chalon. Il le ramène à ses pa' et ma' à Lyon, pis il va y rester un chtiot bout de temps. J'dois lui arroser ses fleurs quat' jours, qu'il a dit !

OK.

Décryptage.

Le chtiot = Charles, donc le chti chtiot = Eliott.

La gare, ça, c'est bon.

Ses pa' et ma', je suppose que ce sont les parents d'Eliott.

Et lui arroser ses fleurs quat' jours. Oui. Quat' = quatre.

Quatre ?

Quatre !

Ah, mais ça ne va pas, pas du tout ! ! Je serai partie, moi, d'ici là !

C'est impossible, il faut absolument que je lui parle avant son départ !

— Il est parti il y a longtemps ?

— Oh ! j'dirais une chtiote demi-heure !

Une chtiote demi-heure ?

Je ne le rattraperai jamais ! Je dois tout de même essayer sinon je le regretterai, je le sais !

Je quitte mon informatrice sans même penser à la saluer et crois entendre un « sale bonne femme d'la ville » en m'éloignant, mais je n'y prête guère attention. Rien ne me détournera de mon objectif.

De retour chez Romuald, alors que je m'apprête à sauter dans ma voiture pour la plus effrénée des courses-poursuites, j'aperçois un scooter garé non loin.

Un scooter !

Beaucoup plus pratique et beaucoup plus rapide ! Adieu les embouteillages ! Je pourrai même griller les feux rouges en montant sur les trottoirs !

Mais j'ai un problème de taille : je ne sais pas

conduire un scooter. Mes parents ont toujours refusé de m'en offrir un, durant mon adolescence, sous prétexte que c'était dangereux.

Il me faut à tout prix un chauffeur.

— À qui est le scooter garé près de ma voiture ?

Je hurle la question, espérant que les employés m'entendront à mille lieues à la ronde.

Une minute plus tard, Lino sort d'un des bâtiments, Romuald et Sasha sur les talons. Ouf ! Je commençais à m'impatienter.

— Lino, il est à toi ? Il faut absolument que tu m'emmènes à la gare de Chalon en quatrième vitesse. C'est une question de vie ou de mort !

— Anna, que se passe-t-il ? Tu as l'air complètement hystérique ! Tu as bu ? Je suis en stage, là, je ne peux pas partir comme ça !

Me tournant vers Romuald, j'esquisse un geste de supplication.

— Si, et c'est un ordre, réagit-il immédiatement. Emmène-la où elle veut et je te garantis que ton évaluation sera bonne.

Lino nous regarde tour à tour en essayant de comprendre.

— Laisse tomber, je t'expliquerai en route !

— Mais tu n'as pas de casque ! proteste-t-il.

— Attends, je crois que j'ai encore celui de pépé André, à la grande époque de sa mobylette ! Ne bouge pas ! lance Romuald.

Allez ! Allez ! Allez !

Ils veulent que je prenne racine ou quoi ?

Les choses ne se passent jamais de cette manière dans les films ! La nana court à la gare qui se trouve juste à deux pâtés de maisons de chez elle, les cheveux au vent. Ou en scooter, à la limite, mais toujours les cheveux au vent. Elle n'attend pas qu'on lui refourgue le casque du grand-père !

Ouf, revoilà Romuald, l'immondice à la main.

La chose est verdâtre, ressemble étonnamment à un casque de cycliste et comporte d'énormes lunettes intégrées.

L'antéchrist de l'esthétique dans toute sa splendeur !

Tant pis, je n'ai pas le temps de tergiverser. Je me l'enfonce vaillamment sur le crâne.

— Tu devrais mettre les lunettes, Anna : il y a du vent ! Tu auras les yeux tout rouges, sinon... Tu ne veux pas que Charles te prenne pour un lapin albinos ? glousse Romuald.

Ah, celui-là, il ne se sent plus, depuis qu'il s'assume ! Dois-je lui rappeler qu'il y a une demi-heure à peine il n'avait pas fière allure ?

Une prochaine fois...

Lino enfourche son scooter et attend que je me glisse derrière lui, ce que je fais sans hésiter.

Avec ou sans protection ridicule, j'atteindrai mon but !

— En avant, et à fond les manettes ! ordonné-je, aussi digne que possible.

Sur la route, je tente de lui expliquer que je suis tombée amoureuse de Charles qui compte m'échapper en partant à l'autre bout du monde. Oui, d'accord, je dramatise légèrement la situation, mais il faut bien apporter un peu de piment et d'étincelles à cette histoire... C'est particulièrement difficile de communiquer : le scooter fait un bruit d'enfer. Je suis obligée de beugler. Pour couronner le tout, il fait un froid glacial. J'ai les yeux protégés, certes, mais mon nez est tellement gelé que je crains de le voir à tout moment se détacher de mon visage. Pour l'heure, il coule. Une vraie fontaine. Génial.

Il y a quand même un élément positif : nous sommes bientôt arrivés.

Lorsque nous approchons du panneau d'entrée de la ville, mon cœur se met à battre la chamade.

Pourvu qu'il ne soit pas trop tard !

Et un feu rouge, un. Non...

— Grille-le !

— Hors de question ! Ah, les nanas, je vous jure..., ronchonne Lino.

Quel pleutre ! Si jeune et aucun goût du risque !

Jamais un feu ne m'a paru aussi long...

Allez, allez, allez...

Mais pourquoi ne va-t-il pas plus vite ? Je jette un coup d'œil au compteur : 30 km/h !

Ce n'est pas vrai, il se moque de moi !

— Pourquoi tu roules si lentement ? En ville, c'est 50 !

— C'est limité dans les rues piétonnes, Anna. Je respecte le Code de la route !

Futur flic, va !

Dix interminables minutes plus tard, nous atteignons la gare. J'ai bien cru que ce moment n'arriverait jamais.

Dès que Lino s'arrête, je lui tends mon casque, saute du siège et cours vers l'entrée.

— Anna, attends, tu as...

— Plus tard, Lino, plus tard !

Je fonce à l'intérieur et slalome entre les voyageurs.

Ce que cette gare est grande pour une ville aussi modeste ! Mais je vais m'en sortir. Je dois m'en sortir !

Ah ! Les panneaux d'affichage des trains au départ !

Lyon, Lyon, Lyon.

Lyon !

TER, 16 h 55, quai 10.

TGV, 16 h 58, quai 2.

Non, mais quelle est l'utilité de faire partir deux

trains pour la même destination exactement aux mêmes horaires ? Si j'étais chef de la SNCF, je réformerais tout ça vite fait bien fait !

Charles doit préférer le TGV. C'est plus rapide, plus confortable, plus sûr.

Va pour le TGV !

Je sprinte jusqu'à l'escalier roulant et descends les marches quatre à quatre sous les cris outrés des voyageurs que je bouscule. Ils n'ont qu'à avancer aussi ! C'est vraiment être fainéant que de se laisser porter ainsi sans agir.

Quai 4... Quai 3... Quai 2 !

Je le sens, il est là. Il *doit* être là !

Une volée de marches et j'y suis !

Mais alors que j'arrive au niveau de la machine à composter, deux gros bras m'arrêtent.

— Votre billet, s'il vous plaît, madame !

Le destin me hait, maintenant c'est prouvé !

Un contrôleur à grosses moustaches me toise.

— Je n'ai pas de billet, je viens voir un ami. Je DOIS voir un ami qui prend ce train ! Je n'ai aucune intention de frauder, je vous le promets !

— Votre billet, s'il vous plaît, madame, répète-t-il.

Bon. J'ai affaire à l'espèce perroquet. Tout en réfléchissant à la manière de le convaincre, je scrute la foule et aperçois Charles.

Oui, il est là, tenant la main d'Eliott !

Le destin m'aime, finalement !

— Charles ! Charles !

J'ai beau m'égosiller, il ne m'entend pas avec le vacarme ambiant. Ce n'est pas possible !

— Chaaaarles !

— Madame, arrêtez de crier. Montrez-moi votre billet, dépêchez-vous !

— Elle va pas se pousser, celle-là !

Je me retourne pour faire face à l'auteur de ces paroles peu aimables et vois cinq passagers agglutinés derrière moi, qui commencent sérieusement à s'impatienter.

Mais bien sûr ! Ils vont pouvoir m'aider !

— Dites, serait-il possible que l'un d'entre vous me prête son billet, juste le temps que je dise quelque chose au monsieur qui est là-bas ?

L'un d'eux tourne carrément la tête, m'ignorant. Les autres se contentent de me fixer d'un air inquiet, serrant jalousement leur billet dans leur main.

Ambiance...

Je vais devoir me résigner à tout leur expliquer, mais ils comprendront, j'en suis sûre ! Émus jusqu'aux larmes par ma tragique histoire d'amour et ma tentative de réconciliation désespérée, ils me tendront tous leur billet. Une fois dûment munie d'un billet, je ne manquerai pas de faire un pied de nez à ce contrôleur psychorigide, lorsque je passerai devant lui.

— Voilà l'affaire : je suis amoureuse de cet homme. Malheureusement, suite à un malentendu fâcheux, il m'a vue embrasser un autre homme...

— Infidèle, murmure un de mes auditeurs dans un grondement réprobateur.

— Non, non ! Ce n'est pas ce que vous croyez ! L'autre, je voulais le séduire au départ, mais...

— Nous nous fichons de vos histoires, madame !

Il tente de me pousser, mais je résiste.

— Non ! Écoutez-moi ! Vous n'avez pas compris !

— Libérez le passage ou j'appelle la sécurité ! intervient le contrôleur. Vous ne passerez pas tant que vous ne serez pas en règle.

Il invite alors les voyageurs à rejoindre le quai et ils s'exécutent sans même un regard pour moi.

Le monde est d'une cruauté, je n'en reviens pas

Je jette un dernier coup d'œil à Charles et Eliott qui me tournent le dos et m'éloigne tristement.

Tant pis.

Je demanderai le numéro de Charles à Romuald et tenterai de le convaincre au bout du fil...

Mais ce n'est pas par portables interposés qu'il va m'offrir ma grande nuit de folie. Je comptais tellement dessus !

— Le train 2012 à destination de Lyon fera son entrée en gare dans dix minutes. Veuillez vous rendre sur le quai et composter votre billet.

En entendant l'annonce, j'ai soudain une illumination.

Pourquoi n'y ai-je pas pensé plus tôt ?

Sans tarder, je bifurque vers les guichets et en dégote un sans personne qui attend devant.

J'avise la guichetière, une jeune femme d'une vingtaine d'années à l'air poupin. Elle ne peut être méchante avec un tel visage.

— Bonjour ! susurre-t-elle d'une voix suave. Que puis-je faire pour vous ?

— Me sauver la vie, mademoiselle.

N'ayons pas peur des mots...

— Quoi ? fait-elle, l'air affolé, sa main se rapprochant dangereusement d'un bouton rouge qui doit être un appel d'urgence.

Elle me prend pour une détraquée. Je dois me calmer.

— Écoutez, je ne suis pas folle. Je suis amoureuse d'un homme et nous nous sommes disputés. Il va partir sans même que nous nous soyons expliqués. Il est sur le quai 2 et le contrôleur ne veut pas me laisser entrer sans billet. J'ai bien essayé de l'appeler, mais... S'il vous plaît, pourrais-je passer un message au micro ?

— Comme dans les films..., commente-t-elle, rêveuse.

Mais elle se ressaisit aussitôt.

— Seulement, c'est interdit ! Je n'ai pas le droit de faire ça !

— Je vous promets que si vous avez des ennuis je dirai que je vous ai menacée, que je vous ai forcé la main !

— Je ne sais pas... J'aimerais vraiment vous aider, mais je ne veux pas me faire renvoyer. J'ai besoin de ce travail !

— Vous ne vous ferez pas renvoyer, ne vous inquiétez pas ! Je suis prête à plaider coupable, je le certifie sur l'honneur !

Son visage s'éclaire. Toute trace d'angoisse disparaît. C'est gagné ! Prudemment, elle vérifie que personne ne la regarde et me tend le micro.

Youpi !

Une fois l'instrument de ma félicité entre les mains, j'hésite à m'en servir. Et si Charles trouvait ça pathétique ?

Ou... Complètement romantique !

Oui, ne doutons pas : il trouvera ça romantique !

C'est parti !

— Un, deux, un, deux !

J'entends ma propre voix, c'est très étrange.

— Charles ! Charles, voisin de Romuald, c'est Anna qui te parle. Je n'ai pas réussi à passer la barrière du quai 2 à cause d'une espèce de contrôleur très...

La jeune guichetière me lance un regard affolé.

— ... Très sérieux dans son travail. Je le félicite, d'ailleurs... Charles, ce n'est pas ce que tu crois ! Je te le jure ! Romuald est gay ! Gay !

Disant ça, je prie pour que les parents de ce dernier ne soient pas à la gare.

— Il a voulu m'embrasser parce que Sasha, son amoureux secret, voulait lui faire reconnaître son homosexualité, alors que Romuald était totalement dans le déni ! Tu es arrivé au mauvais moment ! Il n'y a rien entre nous ! Rien ! Tout est réglé entre eux, maintenant. Tout est réglé pour tout le monde sauf pour nous ! Je ne veux pas que notre histoire s'arrête avant même qu'elle ait commencé ! Nous n'avons même pas encore couché ensemble !

La guichetière me fait de grands non de la tête en désignant trois enfants à côté de moi, à qui leurs parents bouchent les oreilles.

OK, je m'enflamme. Il vaut mieux que j'abrège.

— Charles, si tu ressens la même chose que moi, viens me rejoindre à l'accueil. Vous prendrez un autre train, avec Eliott. Il y en a un autre à... à..., dis-je en cherchant désespérément un panneau d'horaires de départs.

— 17 h 58, me souffle la guichetière, après avoir pianoté frénétiquement sur son ordinateur.

— 17 h 58 ! Viens me rejoindre, je t'attends !

Pourvu qu'il m'ait entendue !

Après avoir remercié au moins dix fois ma bienfaitrice, je me rends au point de rendez-vous, le cœur prêt à exploser.

Personne.

Deux minutes plus tard, toujours personne...

C'est foutu...

Mais soudain, je les vois s'approcher.

Il est venu !

Eliott se jette dans mes bras.

— La gueuse ! C'était toi qui parlais dans le micro ? Pourquoi tu parlais dans le micro ? Tu voulais discuter avec tonton Charles ? Ça veut dire quoi, « coucher ensemble » ?

Je me tourne vers Charles et croise son incroyable regard.

— Laisse-la respirer, Eliott. Tiens, assieds-toi là, et ne bouge pas. Nous devons parler, avec Anna.

Eliott obéit sagement et marmonne déjà en faisant rouler un petit camion sur ses cuisses.

— Tu m'as entendue, alors ?

— Bien sûr ! Qui ne t'a pas entendue ? répond-il d'un air taquin.

— Et ?

— Et je crois que, cette fois, tu ne mens pas. J'ajoute que je suis impressionné par les moyens mis en place pour me retenir !

— Impressionné ?

— Flatté... Touché... Heureux. Moi non plus, je n'ai pas envie que ça s'arrête là, Anna.

Un immense soulagement m'envahit à ces mots. Je suis HEUREUSE !

J'ai droit à un happy end, moi aussi, finalement !

— Anna ? Je peux te poser une question ?

— Tout ce que tu veux !

Veut-il déjà se fiancer avec moi ? Je savais que je lui faisais un effet bœuf, mais pas à ce point !

— Ces impressionnantes traces de lunettes sur ton visage et ces taches sur ton pull, qu'est-ce que c'est ?

Bon, d'accord, nous n'en sommes pas encore à la demande en mariage...

— Oh ! ça ? dis-je en tâtant mes joues, légèrement gênée. Rien ! Je vais t'expliquer. Je...

— Attends.

J'ai alors droit au plus grand, au plus géant, au plus monumental des baisers de toute ma vie.

Je suis dans ses bras, pantelante, quand une petite voix aiguë me tire de mon extase.

— Tonton Charles est amoureux de la gueuse ! Tonton Charles est amoureux de la gueuse !

Nous éclatons de rire et nous asseyons à côté de lui

— Dis, tu me racontes une histoire ? Une qui fait peur, comme la dernière fois !

— Tu es sûr ?

— Ouiiii !

Je fais appel à toute mon imagination macabre, lance un clin d'œil que j'espère renversant à Charles, et commence mon récit.

— Très bien, tu l'auras voulu ! Il était une fois une mendiante ensanglantée qui rencontra sur son chemin un médecin cannibale...

ÉPILOGUE

— Tu es vraiment certaine de vouloir que je m'en aille ? demande Reno, mi-grognon, mi-plaintif. Je me ferai tout petit ! Je lirai mon Balzac dans un coin, vous ne vous rendrez compte de rien !

— Je n'ai vraiment pas le temps d'argumenter avec toi, c'était convenu ainsi et...

Mon téléphone vibre.

Encore elle !

C'est du harcèlement, là ! Trente-trois textos en quatre heures... Mais je dégaine promptement mon portable, en soldat dévoué.

J'ose espérer que tu as choisi le coussinet sur lequel tu porteras ma bague ! Y a intérêt ! Jenny

Ah oui... Le fameux coussinet. J'ai à peine eu le temps de lire son dernier mail qui me donnait la référence de cinquante-trois modèles de mini-coussin à alliances qu'elle me colle déjà un coup de pression.

Pourquoi ai-je accepté d'être son témoin ?

En même temps, avais-je vraiment le choix ?

— Je comprends tout à fait Reno, dit ma mère qui est passée à la maison emprunter mon kit d'épilation laser et n'en finit pas de s'incruster. Pourquoi nous le caches-tu ? Comment se fait-il que je ne puisse pas le rencontrer ? Tu as peur de l'effet que je pourrais lui faire ? Je sais qu'en présence d'une ex-grande actrice comme moi les hommes éprouvent tous une attirance et une fascination sans bornes, mais ne t'inquiète pas, ma chérie, j'aime ton père, je t'aime et jamais je ne vous trahirai quelles que soient...

Il faut que je l'arrête, sinon je pourrais devenir méchante. J'inspire profondément, évacue toute trace d'agacement de mon visage et me force à sourire de toutes mes dents.

— Maman, je ne t'ai pas présentée parce qu'il est trop tôt et parce que nous souhaitons nous retrouver en tête à tête, avoir un peu d'intimité...

— Tu en es sûre ? Tu sais, parfois, l'intimité, c'est horrible : on ne sait pas quoi se raconter, il y a de longs silences très gênants... Si j'étais là, ce serait différent ! Je pourrais lui faire la conversation en cas de malaise, à ton chéri, tente Reno pour plaider sa cause. Ne m'envoie pas chez Amélie, je t'en supplie ! Tous ces pleurs et ces biberons me filent le bourdon !

— Amélie est très contente de t'avoir chez elle ce week-end ! Elle a prévu une tonne de bières et de pizzas pour toi ! Et puis, il y aura Pedro ! Tu l'aimes bien, Pedro !

— Moins depuis qu'il pouponne : il n'arrête pas de s'extasier bêtement devant les moindres faits et gestes du bébé ! En tout cas, je te préviens : s'ils s'avisent de me faire changer une couche, je rentre !

Nouvelles vibrations.

Encore ce satané téléphone !

Je m'en empare, prête à subir les foudres de Jenny pour ne pas avoir répondu dans la minute, mais pousse un soupir de soulagement : ce n'est que Romuald.

Alors que je guide Reno et ma mère qui protestent bruyamment vers la sortie, je lis en diagonale :

Comment vas-tu ? Prête pour ton week-end en amoureux ? Sasha t'embrasse ! Romuald. P-S : Ton allergie a-t-elle disparu ?

Non, bien sûr que non, elle n'a pas disparu. Elle ne s'est pas même atténuée, à vrai dire.

Depuis le port du casque de pépé, je me trimbale deux grosses traces de lunettes rouges autour des yeux. Probablement une réaction au vieux caoutchouc, m'a expliqué mon dermatologue, très impressionné par l'ampleur des dégâts. J'ai eu beau me tartiner de Biafine toute la semaine, aucun effet. Mais je ne me suis pas laissé abattre et suis allée shopper un ensemble lingerie écarlate, histoire de créer une harmonie, lorsque Charles me verra nue... Il faut savoir prendre les choses du bon côté !

Ouf ! Ils sont presque dehors... Allez, je pousse encore un peu... Et j'y suis !

— Bon week-end, ma chérie ! N'hésite pas à m'appeler si tu changes d'avis et que tu souhaites que nous mangions tous ensemble !

— Anna, je te préviens, tu me revaudras ça !

— Oui, oui, tout ce que vous voulez ! dis-je en claquant la porte et en la verrouillant, au cas où l'envie leur prendrait de revenir.

Enfin seule ! Enfin libre ! Il ne me reste plus qu'une demi-heure pour me préparer...

Je n'ai même pas encore fait demi-tour que la sonnette retentit.

Ne me dites pas que Reno a oublié ses clés !

— Quoi encore ?

— Anna ?

Ah, cette voix !

Il est arrivé ! Charles est arrivé ! Avec un sourire ravi, j'ouvre la porte et le laisse entrer.

Remerciements

Un grand merci à Sophie Lagriffol qui a illuminé une certaine journée de juin, lorsqu'elle a dit oui à Anna et sa compagnie !

Merci également et encore une fois à mes fidèles relectrices :

Ludivine Gaudry, *yeah my brend ! Love you babe* (n'arrête jamais les foulards !). Je sais qu'Anna est ta favorite !

Anne Ferrier, ma pens, qui m'enchante par son écriture, son humour et sa gentillesse.

Laurence Argentin, ma vio, pour sa relecture éclair et son enthousiasme.

Aurore Py, THE PRO des espaces chépukoi et ma collègue maintenant !

À Nico : je t'aime.

À mes parents et à mon frère Laurent, toujours encourageants et positifs.

Un bisou aux robettes !

Une pensée pour Manue Haltali, Renaud Vidal, Amélie Bouisson, Arnaud Ficheux, Mélanie Parra et Ludivine Austruy. *Love u my friends !*

Vous avez aimé

Tout ça pour toi ?

Découvrez le nouveau roman d'Ève Borelli :

Tournez vite la page pour en découvrir un extrait !

CHAPITRE 1

Léo

« Quand le monde entier te persécute… tu te dois de persécuter le monde. »

Timon, dans *Le Roi Lion*

Vestiaire du personnel de The Child King, aire de jeux spécialisée dans l'organisation d'anniversaire pour enfants à thème Disney, au centre-ville de Perpignan

Avec des gestes brusques, grommellements et soupirs à l'appui, j'enfile le costume qui me transformera en Timon, personnage ô combien célèbre du dessin animé *Le Roi Lion*, afin d'animer l'anniversaire du dénommé Clément, sept ans et toutes ses dents. Je compulse mentalement le dossier 10, dont j'ai pris connaissance ce matin, à mon arrivée au travail.

— Fan de dessins animés, de chocolat, de foot..., marmonné-je de mauvaise grâce. Allergique aux arachides, aux cacahuètes, aux pulls en laine rêche, aux lacets jaunes... Mouais, à la vie, quoi !

— J'en connais une qui s'est levée du pied gauche ce matin et qui ne s'est pas déridée depuis ! pérore Sandra.

Elle me gratifie d'une moue désapprobatrice, puis hausse les épaules. Aurais-je la chance que mon insupportable collègue se la ferme et n'insiste pas ? Victoire ! Elle se détourne, ouvre son casier et fouille dedans pour en extraire son masque de Iago, l'insupportable compagnon à plume de Jafar. Elle fait alors volte-face et l'ajuste sur son visage avant d'esquisser une joyeuse pirouette.

— Tu devrais prendre exemple sur moi ! Visualisation positive... Bienveillance, résilience... Accueil des bonnes ondes...

« Accueil des bonnes ondes » ? Sans déconner ? J'inspire-expire profondément pour contenir mon agacement, alors que la voix de Zazou résonne dans mon esprit : « Allez, du calme, mon jeune maître, un jour vous deviendrez roi et vous pourrez chasser cette bande de bécasses baveuses, bouchées et stupides tout votre bon temps. » Il n'y a pas à tortiller : *Le Roi Lion* est une mine de sagesse. Appliquant les préceptes de mon calao à bec rouge préféré, je me contente d'un « hum », espérant ainsi mettre fin à l'échange grâce à ma retenue exemplaire. Peine perdue. La voilà qui revient à l'assaut, sautant avec agilité au-dessus du banc qui nous sépare pour se planter devant moi et marteler ma poitrine de son index horripilant.

— Tu as été d'une humeur massacrante toute la journée ! scande-t-elle en rythme. C'est vraiment désagréable pour les gens comme moi qui tentent de voir le verre à moitié plein, les choses du bon côté, la vie en r...

OK. Je dois l'arrêter sinon je risque de l'atomiser de la réduire en miettes dans la minute. *Hulk, sor de ce corps.* Optant pour une technique pacifique qui m'évitera la taule à perpétuité, je me bouche les oreilles et lance des « lalalala » effrénés pour ne plus l'entendre. Elle s'immobilise et plisse les paupières avec une mimique dédaigneuse. Rien à cirer. Je continue mes arpèges, tout en lisant distinctement sur les lèvres de mon interlocutrice les mots suivants : « Ce que tu peux être immature ! » J'acquiesce avec vigueur et poursuis mon manège jusqu'à ce que, vaincue, elle sorte du vestiaire à grands pas. Je laisse donc tomber les vocalises et finis de m'habiller, assaillie par une vague de questions existentielles : Sandra a-t-elle toujours été aussi zélée, moralisatrice et horripilante ? Lui arrive-t-il d'être de mauvais poil ? Je le jure, elle sourit TOUT le temps. Ce n'est pas humain. Si ça se trouve, cette fille est un alien mal programmé, qui a buggé sur le mode guilleret. Mais alors... Si elle est un extraterrestre, suis-je Sigourney Weaver ? Ai-je pour mission de l'éliminer ? J'en serais bien capable, aujourd'hui, vu mon humeur de dogue. De dogue sauvage, à trois têtes, affamé de chair fraîche et d'hémoglobine.

Tout ça à cause de trois SMS auxquels je ne devrais prêter aucune attention ! me dis-je en quittant à mon tour les vestiaires, pompeusement nommés « loges » par M. Limoques, le patron. Les loges ? Sérieusement ? Cette pièce aux murs recouverts d'une tapisserie si antique qu'on n'en distingue pas les motifs ? (Concombres ? Ailes ? Concombres ailés ?) Ce cloaque uniquement meublé de deux bancs en fer extrêmement rudes pour les fessiers sensibles et de deux rangées de casiers ? Ce bouge orné d'un miroir au verre dépoli surplombant un évier qui fuit (et vous envoie occasionnellement de violents jets d'eau dans le visage) ? Définitivement, nos vestiaires sont pitoyables. Rien à voir avec l'aire de jeux pimpante et proprette que je traverse désormais pour atteindre la porte d'entrée de la salle d'anniversaire à thème Savane africaine, devant laquelle je me poste pour attendre mon heure de gloire... pour une fois sans le moindre enthousiasme.

Je devrais oublier ces textos. Les coller tout au fond de ma poubelle mentale et ne surtout pas aller les repêcher fébrilement. Je pourrais aussi les brûler vifs dans le brasier imaginaire de mon esprit, à la Jeanne d'Arc, et les zapper pour toujours et à jamais. De toute évidence, ce serait censé, en plus d'être carrément bénéfique pour mon cœur, qui ne cesse de battre la chamade depuis que je les ai reçus, ce matin. La chamade... Si on était dans une romance, le lecteur se dirait : « Ben voyons ! Cette nana est amoureuse. Il s'agit du texto d'un mec marié, ou pris, ou super beau gosse super inaccessible. Notre héroïne frétille dans un océan de "mon ventre se contracte quand je pense à lui... Mon pouls s'accélère... Mon Dieu, je dois lui résister !" » Le lecteur se planterait complètement et se rendrait vite compte que niveau *love story*, de mon côté, c'est le vide intergalactique, le désert de Gobi, le rayon raclette de mon supermarché en plein mois de juillet depuis CBDC (Connard briseur de cœur). À peine puis-je me targuer de quelques aventures sexuelles coquinettes, ces derniers temps...

Pourtant, si je m'autoscanne objectivement, je ne suis pas repoussante : grâce à la course à pied, qui compense mon amour pour le fromage, j'entre dans la catégorie menue (même si j'ai hérité bien malgré moi de l'option planche à pain/cul plat...) ; mes cheveux ont de chouettes reflets auburn (même si, question coiffure, ce n'est pas encore ça : j'en suis au stade de la repousse anarchique suite à une tentative malheureuse de coupe à la Cristina Córdula). Mes yeux sont très bruns et en amande, on m'a déjà dit qu'ils étaient merveilleusement pétillants (d'accord, le mec était soûl au dernier degré, et il était 5 heures du mat, en boîte de night, mais je choisis de croire que son compliment était sincère). Quant à mon nez… Un long soupir m'échappe alors que j'y porte les doigts et le tâte.

À nouveau, mon pouls joue au sprinteur.

Mon nez…

Non. Il ne vaut mieux pas en parler. Pas aujourd'hui. Je me contenterai donc d'affirmer que je suis une fille charmante et que ma vie amoureuse pourrait être plus palpitante. Mais il faut bien avouer que mon job chez The Child King occupe toute mon attention. Deux ans que je me produis dans la salle Savane africaine, sur le thème du *Roi Lion* (heureusement que je n'ai pas été affectée dans la team *Reine des neiges*, je hais ce Disney). Deux ans que je ne vis que pour le feu de la rampe, même si je n'ai pas le premier rôle dont je rêve. Forcément ! Amarine est là depuis des plombes. Elle a plus d'expérience et un talent pour les aigus qui ferait rougir cette pauvre Ariana Grande, ou Beyoncé, voire la Castafiore. Évidemment, le rôle de Simba lui revient. Mais un jour, je prendrai peut-être sa place ? Elle pourrait se casser la nuque dans un infâme accident de roller ? Ou devenir définitivement muette suite à une extinction de voix carabinée ? Ou…

Merde ! Suis-je vraiment en train de lui vouloir du mal ? Amarine est tout de même vachement sympa, contrairement à l'infâme Sandra. Un vague remords me saisit. Changement de plan : peut-être – souhaitons-le-lui avec ferveur – que son remarquable talent pour le chant sera repéré et qu'elle sera engagée pour tenir le rôle principal dans une immense et merveilleuse comédie musicale qui bouleversera la France, le monde, l'univers tout entier... et qu'alors je pourrai *enfin* incarner Simba à sa place.

Plongée dans mes rêves de paillettes glam-shine, je sursaute quand la voix hilare de Félix résonne à mes oreilles.

— Ta queue est coincée dans ton legging !

Gigotant pour la replacer, je fais volte-face et éclate de rire.

— Hors de son contexte, cette phrase serait admirable !

— Tu l'as dit, approuve Félix en ajustant son groin en plastique, alors que je pouffe.

Voilà le don que possède cet homme : me faire retrouver instantanément ma joie de vivre. Je l'ai rencontré il y a deux ans, alors que nous patientions dans la salle d'accueil avant notre entretien d'embauche. Nous avons tenté d'extraire deux cafés d'une antique machine qui nous avait piqué 3 euros, traité cette dernière de tous les noms, lancé un concours d'insultes (qu'il a remporté haut la main), et c'en était fait de nous : moi et ce grand black sexy, dégingandé et insolent, étions amis pour la vie.

— Voilà. Elle est libérée, délivrée, et virevolte au vent ! conclus-je.

Les prunelles émeraude de Félix pétillent, lorsqu'il m'adresse une œillade complice.

— Je devrais coller ça sur mon profil Grindr ! s'exclame-t-il avec emphase. « Ma queue est libérée, délivrée, et virevolte au vent ! »

— Tu ferais carton plein !

— Tu crois ? demande-t-il en se figeant, soudain songeur.

— Attends, je suis certaine à 100 % que pas mal

de mecs sont prêts à tuer pour une queue libérée, délivrée, qui virevolte au vent !

Félix ricane et s'évente.

— Ne parlons plus de vent : je meurs de chaud dans ce déguisement !

— J'imagine ! Ce truc est rembourré comme pas possible ! Mais console-toi en te disant que tu souffres pour l'art ! C'est beau, non ?

— Mon cul, ouais ! Je souffre pour empocher un misérable chèque à la fin du mois ! Je devrais lâcher ce job et me consacrer à ce qui est vraiment important pour moi dans la vie...

— Les mecs sur Grindr ?

D'un geste rapide, il me donne une pichenette bien sentie sur la joue.

— Ma thèse sur le déploiement de la rhétorique dans les textes hybrides du...

J'imite un formidable ronflement et fais mine de dormir, avant d'encaisser une deuxième maltraitance. Cette fois, il m'a pincé l'oreille.

— La violence sur les femmes est un délit et...

— Bientôt, je me barre, Léonore ! C'est sérieux ! m'interrompt-il, visiblement déterminé.

— Tu dis ça tout le temps, mais je n'ai jamais vu l'ombre d'un confetti d'une lettre de démission ! répliqué-je d'un ton léger. Heureusement pour moi ! Que serait Timon sans son Pumba, hein ? Tu as juste besoin de vacances, et ça tombe merveilleusement bien... Nous commençons les nôtres ce soir !

Félix ouvre la bouche pour répondre, mais il est interrompu par un chant allègre provenant de la salle Savane africaine.

« Joyeux anniversaire ! Joyeux anniversaire ! Joyeux anniversaire, Clément ! Joyeux anniversaire ! ! ! »

— Le gâteau a été servi : à nous de jouer !

Coup d'œil entendu à mon partenaire, qui soudain grimace avec appréhension.

— Tu crois qu'on réussira sans Amarine ? murmure-t-il d'une voix incertaine. Sans Simba, notre petit numéro ne vaut pas plus qu'une pizza à l'ananas !

— Première chose : n'insulte jamais l'Hawaïenne. Tu sais que c'est ma préférée. Deuxièmement : tu ne dois pas douter de notre talent ! affirmé-je avec force. Après tout, *Hakuna Matata*, c'est la chanson de Timon et Pumba. Pas celle de Simba !

« Joyeux anniversaiiiiiire ! »

Applaudissements. C'est le signal. Tout sourires, j'ouvre la porte, esquisse quelques pas. Me voilà sous le feu des projecteurs. Enfin... De la petite boule à facettes de la salle Savane africaine, réservée aux anniversaires des enfants de moins de huit ans. Non, je n'ai pas de scène ni de micro. Je ne porte pas une robe glamour et suis à dix mille lieues du sexy de Katy Perry dans mon déguisement de Timon... Mais tout de même ! Ce frisson de plaisir ! Ai-je déjà dit que j'aime ce métier ? Que j'adore pousser la chansonnette sous les yeux émerveillés des enfants ? L'exaltation me gagne. Je suis une Dorothée des temps modernes... Je suis l'idole des jeunes !

N'y tenant plus, je balance mon cri de suricate, tout en effectuant un tour de table complet, puis me plante en ouvrant grands les bras devant cette assemblée de dix garçonnets, attendant les exclamations enthousiastes, la foule en délire, l'évanouissement de quelques fans...

OK, soyons raisonnables...

De simples applaudissements ?

Hein ?

Un applaudissement ?

Merde !

Un regard, au moins ?

Il y a un hic. Clément et ses potes ne me prêtent aucune attention. AUCUNE. Ces drôles de mômes se contentent de boulotter leur gâteau triple ganache glacée au chocolat blanc en forme de tête de lion... pendant que la mère de Clément prend tout ce petit monde en photo. Même elle ne m'a pas lancé un seul regard ! Si on était dans ce film terrible, là... avec la gamine aux couettes super flippante... – oui, voilà ! *Le Sixième Sens* –, je réaliserais avec stupeur que je suis un fantôme et que personne ne peut me voir ou m'entendre. Mais merde, je suis vivante, moi ! Hors de question de compter pour du beurre ! Ils vont voir de quel bois je me chauffe !

— « Hakuna Matata » ! lancé-je d'une voix supra forte aux accents enthousiastes.

Victoire ! Clément lève les yeux de son assiette...

Échec absolu... C'est seulement pour m'adresser un regard méchamment condescendant.

— Ouais, c'est ça ! Hakuna Matata ! rétorque-t-il en haussant les épaules.

Blasé à cet âge-là ? Non, je ne peux y croire ! Le vent du défi souffle soudain en moi : en avant ! Je vais lui en mettre plein la vue, à ce sceptique en culotte courte !

— « Hakuna Matata ! Mais quelle phrase magnifique ! », déclaré-je avec grâce et ardeur.

C'est le signal : comme à chaque fois, à cet instant, Félix fait son entrée sous son déguisement de Pumba, le grand copain phacochère de Timon. Notre numéro est parfaitement huilé. On ne lui résiste pas !

— « Hakuna Matata, quel chant fantastique ! », renchérit-il d'une voix de baryton.

C'est bon, nous y sommes ! Les enfants lèvent le nez ! Grandiose ! Même la mère de Clément lâche son téléphone pour nous contempler. Je le savais : le talent finit toujours par être remarqué.

— « Ces mots signifient… que tu vivras ta vie… Sans aucun souci, philosophie ! »

Nous voilà, Félix et moi, entonnant avec énergie notre chansonnette, chorégraphie top-classe incluse, jusqu'à mon passage favori :

— « Disgrâce infââââme… Inonde mon ââââme… Je déclenche une tempête… À chaque fois que je… »

— « Non, Pumba, pas devant les enfants ! »

— « Oh ! pard… »

Mais Félix ne peut terminer sa phrase, une part de gâteau lui atterrit dans l'œil droit pour dégouliner lamentablement sur sa joue. Avant que je puisse réaliser ce qui est en train de se produire, la voix de Clément résonne, exigeante, implacable :

— Je veux que tu pètes pour de vrai ! Action !

Silence de mort… vite interrompu par les gloussements frénétiques des garçons. La mère de Clément observe son fils, nous observe, observe son fils, nous observe, observe son fils… et hausse les épaules avec un sourire amusé. Quant à Félix… Le pauvre ! Il tente désespérément d'essuyer son œil, ce qui a pour effet de lui coller du chocolat blanc partout et de rendre sa prunelle plus rouge qu'un coup de soleil carabiné.

— C'est quoi ce petit couillon ? souffle-t-il avec colère.

— Un petit couillon. Abrégeons ! murmuré-je en retour.

Nous terminons notre chansonnette à la va-vite alors qu'à la table ça s'agite et ça trépigne, Clément toujours en boucle sur son « je veux que tu pètes pour de vrai ».

— « Hakuna Matataaaaaa ! », concluons-nous enfin.

Nous saluons. Félix, dont l'œil droit est devenu boursouflé, s'appuie sur moi, et nous nous dirigeons rapidement vers la porte, quand soudain on nous barre le passage.

— Et Simba ? Où est Simba ? J'ai payé pour Simba !

On touche le fond. La mère s'y met. Ce n'est pas Patrick Sébastien qui disait que « la vie est une fête » ? J'ai toujours détesté ce type.

— Malheureusement, Simba a la grippe. Il est donc absent..., expliqué-je, alors que la nervosité me gagne.

C'est-à-dire que la mère, qui fait deux têtes de plus que nous et possède le regard du Russe dans *Rocky II*, serre les poings à s'en faire péter les phalanges. Une veine énorme bat la mesure sur son front. Et c'est à moi de gérer cette situation : Félix ne me sera d'aucune aide ! Il en est au stade de l'aveuglement total et, paniqué, il se contente de presser convulsivement ma main.

— Si vous le souhaitez, madame, je peux chanter le couplet de Simba, proposé-je d'une voix mi-suave, mi-terrifiée. Et en prime...

— NON ! C'est le VRAI Simba qu'on veut, nous ! hurle Clément, juste derrière moi. BANDE DE NAZES !

Je fais volte-face. Clément et ses copains nous cernent. Félix et moi échangeons un regard affolé, avant que ce dernier se penche vers moi pour me chuchoter à l'oreille :

— On est coincés ! Comme Simba et Nala avec les hyènes !

— Qu'est-ce que vous marmonnez, hein ? Vous comptez nous entuber ? éructe soudain la mère.

Tétanisé, Félix la contemple en ouvrant et fermant la bouche bêtement, comme un poisson rouge en quête de paillettes à la carotte. Je prends donc sur moi pour la raisonner.

— Allons, madame, pas du tout. Comme je vous l'ai dit, notre collègue qui joue Simba a la grippe et…

Impossible d'aller plus loin dans mes explications : un coup violent atteint mon oreille. Puis une sensation désagréable, c'est froid, c'est dégoulinant… Cela dit, ça sent bon. Crème glacée, sans aucun doute. Je me retourne et me trouve face à un Clément victorieux. Sa main gauche est recouverte de chocolat. C'est lui le coupable ! Dieu que j'ai envie de lui enfoncer le nez dans son gâteau à la con afin qu'il s'étouffe et qu'il…

— Je t'ai eu, Timon-débile ! vocifère-t-il en effectuant un dab parfait.

C'en est trop. Furieuse, j'esquisse un pas dans sa direction… mais je suis stoppée net dans mon élan par une poigne de fer sur le bras. Et ensuite…

Ensuite…

J'ignore comment tout bascule. Tout est flou, précipité…

La grimace de psychopathe de la mère qui me hurle : « Tu ne touches pas à mon fils, Timon-de-mes-deux ! » Le cri désespéré de Félix : « Je vais chercher de l'aide ! » La totalité des gamins qui bondissent sur moi et collent leurs doigts poisseux sur mon visage… Ma stupeur lorsque Clément me surplombe, l'air maléfique, tenant en main deux de ses bougies… Ma terreur au moment où il les rapproche de mon visage… Ma douleur quand il les enfonce simultanément dans mes deux narines.

Oui. Mes DEUX narines.

Simultanément.

— Et voilà comment je me suis retrouvée avec deux bougies dans les narines, conclus-je.

Pitoyable, je saisis le mouchoir propre que Félix me

tend pour le fourrer dans mon nez, histoire d'arrêter l'hémorragie. Puis j'affronte le regard de M. Limoques qui, les fesses confortablement installées sur son fauteuil en cuir, m'observe avec une indifférence teintée de mécontentement. Il lève les yeux au ciel, soupire, ouvre le tiroir de son bureau, attrape une de ses balles antistress (il en a au moins quarante-cinq) et l'écrase dans son poing à un rythme endiablé.

— J'espère juste que la mère ne va pas nous coller un procès.

— Moi, je souhaite juste que ma capacité visuelle ne soit pas détériorée et que Léo n'ait pas les narines déformées à cause de ce monstre de gosse ! s'indigne Félix.

— Les narines déformées, ça n'existe pas. Le tribunal, si, rétorque M. Limoques sans une once de compassion.

— Mais enfin ! s'affole Félix. C'est grave, ce qui s'est passé ! Et si les bougies étaient montées jusqu'à son cerveau ! Si ses facultés mentales avaient été irrémédiablement atteintes et...

— Le plus atteint des deux, pour le moment, c'est vous, Félix. Vous êtes hystérique. Je vous prierai donc de vous taire. Voilà ce que nous allons faire : vous vous calmez et vous partez en vacances pour tâcher de revenir un peu plus détendu. Quant à vous, Léo, si vous tentez encore une fois d'agresser un mineur...

— Vous déformez la réalité ! protesté-je d'une voix nasillarde, alors qu'un goût de sang envahit ma bouche.

M. Limoques effectue son inimitable clappement de langue désapprobateur avant de poursuivre :

— Si une situation similaire se reproduit, je vous préviens, je vous colle dans la salle Petite Sirène. Et croyez-moi, vous n'incarnerez pas la gentille et jolie Ariel. Non. Vous serez Ursula. À jamais.

Hoquet horrifié.

Cette terrible perspective me coupe la chique et, alors que je m'imagine en monstrueuse créature mi-femme, mi-pieuvre, qui éructe plus qu'elle ne chante, mon corps est secoué d'un long frisson. M. Limoques, visiblement satisfait de son petit effet (même Félix a poussé une exclamation choquée), nous chasse d'un geste de la main. Penauds, nous nous levons et nous exécutons.

Sandra et son sourire horripilant... L'agression à la bougie... Sans oublier ces infâmes textos...

Pas de doute : cette journée n'est pas, mais alors PAS DU TOUT hakuna-matatesque.

Composé et édité par HarperCollins France.

Achevé d'imprimer en avril 2019.

CPI BLACK PRINT

Barcelone

Dépôt légal : mai 2019.

FSC www.fsc.org MIXTE Papier issu de sources responsables FSC® C108412

Pour limiter l'empreinte environnementale de ses livres, HarperCollins France s'engage à n'utiliser que du papier fabriqué à partir de bois provenant de forêts gérées durablement et de manière responsable.

Imprimé en Espagne.